美男子與香菸

美男子と煙草

太宰治
だざい おさむ

吳季倫——譯

目次

鄙俗[1]

1 原題為「ダス・ゲマイネ」，德文「Das Gemeine」的譯音，意指通俗、鄙俗。

一　幻燈

——那時候對我而言，一天天都猶如晚年。

我墜入愛河了。那是從來不曾有過的情感。在那之前，我只急著向對方展示自己的左臉、向對方展現男子氣概，當對方猶豫了足足一分鐘之後，我開始慌張起來，如一陣風般迅速逃離。然而，那時我的愛意可以說是不顧一切而毫無節制，對其他事物都漫不經心，連本來應當具有的明哲保身原則都無法秉持。沒辦法，誰要我愛上了——這沙啞的呢喃就是我思想的全部。二十五歲。我的生命從這一刻才開始。我活著。我徹徹底底活著。我是認真的。沒辦法，誰要我愛上了。可是，對方似乎從一開始就不歡迎我。就在我打從心底漸漸了解強迫殉情那種陳腐的概念時，卻遭到毫不留情的拒絕，一切就此戛然而止。對方不知消失何方了。

朋友們通常叫我佐野次郎左衛門，或是佐野次郎。聽起來像是古人的名字。

「佐野次郎。……話說回來，還好有這個充滿古風的名字，讓你多了幾分瀟灑呢。雖然說，被甩了還能一派瀟灑，幾乎等於是向人索討同情……唉，別多想了。」

我永遠忘不了馬場曾經對我說過這一段話。也因此，在我的記憶裡，第一個叫我佐野次郎的就是馬場。我和馬場是在上野公園裡的甜酒鋪認識的。就是在鄰近清水寺那一家擺著兩張紅毛毯長凳的小甜酒鋪認識的。

我趁兩門課中間的空堂時段，從大學的後門悠閒地逛去公園，途中經常繞到那家甜酒鋪。理由是那家店裡有個名叫小菊的十七歲女孩。她身形小巧，有一雙聰慧而清澈的眼眸，像極了我愛上的那個女人。想和我愛上的那個女人見面需要花點錢，所以阮囊羞澀的時候，我就去坐在那家甜酒鋪的長凳上慢慢啜飲甜酒，同時欣賞那個名叫小菊的女孩，聊解我的相思之情。今年初春時節，我在這家甜酒鋪看到了一個古怪的男人。那天是星期六，一早就是晴空萬里的好天氣。我聽完法國抒情詩的課程，日正當中，我隨口一遍又一遍哼著與剛才上過的法國抒情詩有著天壤之別的低俗句子，而且抑揚頓挫全亂了套，「梅花都開了，櫻花怎還不開呢？」就這樣走進了經常造訪的那家甜酒鋪。店裡已經坐著個客人，把我嚇了一跳，因為他的模樣實在太奇特了。那名客人的身高和一般人差不多，但身形格外削瘦，穿的黑西裝雖是常見的嗶嘰布，但是披在上面的外套非常怪異。我不懂那是什麼款式，可是第一眼看到的印象就讓人聯想到席勒[2]的外套。外套是顯眼的銀灰色，用了大量的天鵝絨面料還縫綴許多鈕扣，鬆鬆垮垮地披在身上。還有，他的相貌也很奇怪。如果同樣用第一印象來形容，簡直像一隻試圖變身為舒伯特可惜沒能成功的狐狸。特別凸出的額頭，鐵絲邊的小眼鏡，一頭誇張的卷髮，尖利的下巴和未剃的鬍渣。至於皮膚，形容得誇大些，就像黃鶯的羽毛那種濁青色，一點光澤也沒有。只見那名客人盤腿坐在紅毛毯長凳的正中央，嫌麻煩似地直接端著一只平時用來沖碾茶[3]的大茶碗喝著甜酒。天啊，他居然舉起一隻手不停招我過去那邊。直覺告訴我，要是猶豫太久，氣氛反而會更尷尬，只好在臉上擠出連自己也不懂其意的微笑，在他那張長凳旁邊落了坐。

「我今天早上吃了很硬的魷魚乾……」他故意壓低了嗓門，用沙啞的聲音說話。「現在右邊的臼齒痛得要命。再沒有比牙疼更讓人難以忍受的了。不過，只要吞顆阿斯匹靈，一下子就好了。咦，是我招你過來的嗎？真抱歉。我呀……」他朝我的臉投來一瞥，嘴角略顯笑意。「我沒辦法認人，眼睛看不見——騙你的，我是普通人。故意裝的。那是我的壞習慣。每次遇到陌生人，我總忍不住想裝出奇特的模樣。有句話叫作繭自縛，老掉牙的話了。這樣實在不好，算是一種病。你讀文科嗎？今年要畢業了吧？」

「不，還有一年才畢業。因為……我重考過一次。」我這樣回答他。

「這麼說，你是藝術家了。」他沒有露出笑容，冷靜地喝了一口甜酒。「我在不遠處的那所音樂學校前前後後待了八年，遲遲無法畢業，因為我連一次考試都沒參加過。一個人的能力居然是透過另一個人測試出來，實在太無禮了！你說是吧？」

「是的。」

「只是隨口說說罷了，其實是我腦筋不好。我經常像這樣坐在這裡看著來往的人群從我面前走過，一開始難以忍受這麼多人居然沒有一個認識我，也沒有一個注意我，一想到這裡……啊，你用不著每句話都附和。我本來就是站在你的角度說這

2　席勒（Johann Christoph Friedrich von Schiller，一七五九—一八〇五），德國詩人，被譽為「德國的莎士比亞」。

3　初製蒸青茶，加工後可製成抹茶。

些話的。不過，現在那種事非但傷不了我，還覺得痛快，就像枕頭底下有清水潺潺流過一樣。這不是認命，而是以王侯自居的喜悅。」他仰頭喝光了甜酒，突然伸手把那只沖礪茶的茶碗遞到我前面。「你看看寫在這只茶碗上面的文字——白馬驕不行[4]。不要寫這些字該多好，害我用得難為情。讓給你。這是我從淺草的古董店花大錢買來的，寄在這家店裡專供我一個人用。我喜歡你的長相，眼瞳的顏色很深，那是我夢寐以求的眼睛。等我死了以後，這只碗你就拿去用吧。說不定我明天就死了。」

從那天以後，我們經常在那家甜酒鋪遇見。馬場過了好久仍然沒死，而且不但沒死，還胖了一些，泛著青黑的雙頰像桃子一般鼓了起來。他說那是酒喝多了變胖的，還小聲補充說，像這樣變胖，離死期也就不遠了。我和他的交情一天比一天好。我大概是因為相信馬場的天賦，所以沒有離這種人遠遠的，反而和他變得很親密。去年秋末，一個名叫西格提·約瑟夫[5]、生於布達佩斯的小提琴名家來到日本，在日比谷的公會堂舉辦了三場演奏會，台下的聽眾三場都是稀稀落落的。這位清高孤傲的四十歲天才演奏家憤而投稿《東京朝日新聞》，大罵日本的聽眾全都長了驢耳朵，但是他罵完以後，還不忘像詩歌的副歌那樣用括弧加注一句「只有一位年輕人例外」。據說那一陣子樂壇議論紛紛，大家都在猜那位年輕人究竟是誰。其實，那個人就是馬場。馬場見過西格提．約瑟夫，兩人也有過交談。就在他結束了日比谷公會堂的第三場備受屈辱的演奏會那天晚上，馬場在銀座一家知名的啤酒屋最裡面角落的一只盆栽後面，發現了西格提那顆泛紅的大禿頭。馬場不加思索，邁開大步走向那位沒能得到應有的評價、刻意裝作不在意演奏會的事而面帶微笑喝著啤酒的世界名家，並在他隔壁的桌位坐下。那一晚，馬場和西格提相談甚歡，從銀座的一丁目到八丁目，舉凡較具知名度的咖啡館[6]每一家都喝遍了，而且都是由西格提．約瑟夫結帳的。西格提喝了酒依然維持高尚的舉止，黑色的領結繫得端正，對那些女侍連一根指頭也沒碰。「藝術如果沒有經過理智的剖析就無法打動人

4 出自唐朝詩人崔國輔的五言絕句〈長樂少年行〉：「遺卻珊瑚鞭，白馬驕不行，章臺折楊柳，春日路傍情。」
5 西格提．約瑟夫（Szigeti József，一八九二—一九七三），匈牙利小提琴演奏家。
6 日本當時這種咖啡館不只販賣咖啡，也販賣含酒精飲料，以及簡單的下酒零嘴及輕食。

心了。在文學方面，我喜歡安德烈．紀德[7]和托馬斯．曼[8]。」西格提說著，落寞地咬著右拇指的指甲。他把紀德讀成汽德了。天色透亮了之後，兩人在帝國飯店前庭的蓮花池畔，彼此貼臉輕握著手匆匆道別，當天西格提於橫濱搭上加拿大皇后號郵輪啟程前往美國，隔天《東京朝日新聞》就刊出那篇標注那個「副歌」的文章了。可是我並不怎麼相信馬場這樁光榮的事蹟，畢竟他在轉述時有些難為情地頻頻眨眼，講到最後還變得不太高興。我更納悶他的外語是否流暢得能與外國人一整晚聊到天亮。一旦起了疑心，愈覺得疑點重重。就連他懂得哪些音樂理論、小提琴的實力到什麼程度，又是個什麼樣的作曲家，這些我沒有一件清楚的。雖然馬場有時候左手會抱著一只烏亮的小提琴盒走在路上，可是琴盒裡通常空無一物。他說，他的琴盒本身就是現代的象徵——內容空空蕩蕩。聽完他的說明，我甚至懷疑這個人到底有沒有摸過小提琴。這就是他的行事作風。先別說我相不相信他的天賦，根本連掂量他斤兩的機會都沒有，所以我想，他一定還有別的特質吸引著我。就像比起小提琴，那只琴盒更令我在意，同樣地，比起馬場的理念和本領，他的風采和詼諧似乎更具有魅力。他真的時常以不同的裝束出現在我面前。除了各種款式的西裝，他有時也穿學生服，或是勞動裝，有一回還作硬質腰帶配上白布襪的和服裝扮，害我在他旁邊尷尬得連臉都紅了。他輕描淡寫地解釋，之所以這樣時常變換穿著，為的是不希望在別人的心裡留下任何印象。對了，還有一件事我忘了說，馬場的老家位於東京市[9]郊的三鷹村下連雀，他天天都遠從家裡到市區來玩。他老爸聽說是地主還什麼的，家財萬貫，所以他才能這樣換穿各種服飾，可以說是地主家少爺的一種奢侈行徑罷了——這樣一想，他吸引我之處，大概也不是翩翩風采，而是口袋裡有錢吧。說來難以啟齒，每回和他一起玩樂的時候，付錢的人向來是他，結帳時甚至將我一把推開，堅持由他來。在友情與金錢之間，似乎有一種再微妙不過的交互作用持續進行。在我的眼裡，富裕的家境為他增添了幾分魅力，這也是不爭的事實。說不定馬場與我的關係，從一開始就是主人和僕人，我從頭到尾都只能被他牽著鼻子走。

---

7 安德烈．紀德（André Gide，一八六九—一九五一），法國作家，諾貝爾文學獎得主。

8 托馬斯．曼（Paul Thomas Mann，一八七五—一九五五），德國作家，諾貝爾文學獎得主。

9 日本東京都前身為東京府，其東部從一八八九年到一九四三年稱為東京市。

哎，話題扯遠了。總而言之，那段時期的我如同方才提過的，過著沒有自我意志的生活，像金魚大便一樣，金魚一游動，我也跟在後面飄來晃去。我和馬場就是在這種虛無縹緲的狀態中保持往來。然而，就在八十八夜[10]（奇怪的是，馬場對於歲時節氣似乎格外敏感。他會垂頭喪氣地說今天是庚申日[11]或者佛滅日[12]，有時嘴裡又念念有詞地說今天是端午節或是暗闇祭[13]這一類我聽不懂的名詞）那一天，我同樣在上野公園的那家甜酒鋪獨自享飲啤酒，陶醉在環繞在我身邊的懷孕的母貓、滿樹新綠的櫻木、漫天的落英、毛毛蟲等等景物所醞釀出一股暖烘烘的晚春時節特有的成熟風情中，卻赫然發現身穿華麗綠色西裝的馬場坐在我後面。「今天是八十八夜……」他以一貫低沉的嗓音說完，似乎非常不好意思地霍然起身，肩膀同時用力甩了一下。「那就來個八十八夜的紀念活動吧！」他笑著下了這個毫無意義的決心，兩人於是去了淺草喝酒。那一晚，我對馬場產生了一股密不可分的情感，親暱程度更勝以往。我們在淺草一連喝了五、六家的酒館，馬場語帶不屑地叨叨說明著普拉葛博士[14]與日本樂壇的糾紛，接著又喃喃自語似地不停解釋普拉葛這個男人的偉大之處。我在他冗長的敘述當中坐立不安，滿腦子只想和我的女人見面。於是，我乾脆找馬場一起去。我悄悄告訴他，我們去看幻燈吧。馬場沒聽過幻燈。我開心地對他說：「好好好，今天換我當一次前輩！看在八十八夜的份上，我帶你去開開眼界！」我用玩笑話掩飾自己的害羞，把還在不停嘟囔著普拉葛的馬場推進了汽車裡，告訴司機快開車！……啊，每次橫渡這條大河的剎那，心頭總是雀躍不已。幻燈的街區。那個街區有著難以辨識的相似巷弄，一條條宛如蜘蛛網般四通八達，巷弄左右的一間間屋宅壁面，開著一、兩尺寬的一扇扇小窗，窗裡有著笑靨如花的可愛女人。只要踏進這裡，肩上的壓力就會瞬間消失，人們會扔開自己的每一張面具，像個成功逃脫的罪犯，優雅地度過安穩的一夜。馬場似乎是第一次來到這

10 自立春起算的第八十八天，通常是每年的五月一日或二日，日本的農家多半選在這天播種。

11 日本有一種庚申信仰，信者在庚申日這天行事有某些禁忌，需遵守規定才能無災無恙。

12 釋迦牟尼佛滅度之日，在日本的曆法中屬於大凶之日，諸事不宜。

13 位於東京都府中市的大國魂神社有項祭典，通常在每年的四月三十日至五月五日之間舉行。五月五日傍晚神轎出巡時，沿途人家均需熄滅燈火，在暗夜裡迎接神靈的到來。

14 威爾罕・普拉葛（Wilhelm Plage，一八八八—一九六九），德國駐日外交官。一九三一年，其代表歐洲的著作權管理團體，向日本的廣播電台與演奏家要求高額的權利金，造成日本樂壇極大的震撼，史稱「普拉葛旋風」。

個街區，但並沒有大驚小怪，踏著泰然自若的步伐，與我保持一小段距離，邊走邊仔細打量巷弄兩邊每一扇小窗後面的一張張女人的面龐。我們走進巷弄，鑽出巷弄，拐進巷弄，抵達巷弄之後，我停下腳步，用手肘輕頂了一下馬場的側腰，小聲告訴他：我喜歡這個女人……對，從很久以前就愛上她了。我心儀的女人連眨也沒眨一下眼睛，只將小巧的下唇朝我往左邊撇了一下。馬場也停了下來，兩手垂在身側只伸長了脖子，細細端詳起我的女人。他看了好半晌，猛然回頭扯著喉嚨大叫：

「欸，像極了、像極了！」

我這才想起來馬場也認得小菊。

「不不不，她哪裡比得上小菊！」我頓時僵住，慌亂中隨口回了一句，渾身都在使勁出力。

「這種事哪能拿來比較呢！」馬場略微發窘地笑著說，旋即不悅地皺起眉頭，彷彿在說給自己聽似地娓娓道來，「任何事物都想拿來比較是不行的。喜歡比較是愚蠢的行為。」他說著，優哉游哉地邁步而去。第二天早晨，兩個人在回程的車裡都沒有開口，那股尷尬的氣氛彷彿有人一開口就要打起來了。直到汽車駛入淺草的車水馬龍之中，我們總算恢復了平時的自在，馬場這才嚴肅地說道：

「昨晚那個女人對我說：我們的生活才不像旁人以為得那麼輕鬆呢！」

我努力裝出了誇大的笑聲。馬場一反常態，只露出了爽朗的微笑，拍了我的肩說道：

「那裡是日本最了不起的街區！人人都抬頭挺胸過日子，毫不自卑，真讓我驚訝。她們每一天都過得很充實。」

從那天起，我把馬場視為親人，對他十分依賴，甚至覺得他是我有生以來第一個朋友。可是，就在交到朋友的同時，我卻失去了情人。那女人離開我的經過實在太難堪了，我根本說不出口。但也因為這件事，一些人拿我當作談資，最後還給我取了佐野次郎這個無聊的名字。事隔多時，我現在已經能夠用平靜的語調重提往事了，然而她剛走的時候，我打算一死了之。這可不是玩笑話。我沉溺於幻燈街區無法自拔，眼看著就要淪為廢人。我完全不懂一個人為什麼非活下去不可。不久，學校放了暑假，我回到距離東京兩百里、位於本州最北端山間的老家，日復一日，我躺在院子那棵栗樹底下的藤椅上，天天抽掉七十支菸，渾渾噩噩度日。馬場寄了一封信給我。

佐野次郎左衛門敬啟

為了我，你能不能先別急著尋死？要是你自殺了，我會自戀地認為，你故意這麼做是為了讓我心裡不好受。如果你覺得這樣也無所謂，那就去死吧。我過去……不，現在也一樣，對於活下去這件事並沒有什麼興趣。但是我不會自殺，因為我不想給別人一個得以自戀的藉口。我一直等待著疾病和災厄。可是到目前為止，我的疾病只有牙痛和痔瘡而已，大概不至於喪命。至於災厄，同樣遲遲等不到。我整夜敞開房間的窗戶，等候盜賊入侵，期待自己能死在盜賊的手裡，可惜從窗口溜進來的只有飛蛾、白蟻和獨角仙，以及蚊子的百萬大軍。（想必這時你會說：唉，和我一模一樣！）聽我說，要不要和我一起辦雜誌？我想靠出版把債務全部還清，然後倒頭呼呼大睡三天三夜。所謂的債務，就是我這具懸在半空中的軀體。我的胸口開了一個名為債務的黑漆漆大洞。或許辦了雜誌以後，這個無底洞可能會變得更深，如果真的那樣也沒關係。總之，我想幫自己找個完美下台的名目。雜誌名稱叫做《海盜》。具體的細節，我想和你商量過後再決定。若是按照我的規劃，我想出版外銷雜誌，出口地點就定法國好了。我記得你的外語能力相當不錯，你就負責把我們寫好的稿子翻譯成法文吧。我們寄一本給安德烈・紀德，請他給個評論。對了，我們可以和瓦樂希[15]直接辯論喔。我們讓那個快要睡著的普魯斯特來個方寸大亂吧。（想必這時你會說：很遺憾，普魯斯特已經死了。）好消息是，考克多[16]還活著喔。唉，如果哈狄格[17]還活著就好了。我看，也寄給德科布拉[18]大師讓他開開心吧，可憐的他。

這樣的幻想不是很愉快嗎？而且付諸實行也沒什麼困難。（愈寫愈詞窮。

15 保羅・瓦樂希（Paul Valéry，一八七一—一九四五），法國詩人暨作家，法蘭西學術院院士。
16 尚・考克多（Jean Cocteau，一八八九—一九六三），法國詩人、小說家暨劇作家。
17 雷蒙・哈狄格（Raymond Radiguet，一九〇三—一九二三），法國詩人暨小說家。
18 穆維斯・德科布拉（Maurice Dekobra，一八八五—一九七三），法國大眾小說作家暨記者。

書信是一種特殊的文體，想來真奇怪，它既不是敘述，也不是對話，更不是描寫，而是獨樹一格的可怕文體。哎，我說了些蠢話。）根據我昨晚熬夜計算的結果，三百圓就可以完成一本出色的雜誌。這點小數目，應該憑我一個人就籌得到了，你只要寫些詩給保爾．福爾[19]看就行了。我目前正在構思一首曲名為〈海盜之歌〉的四樂章交響曲，完成之後就可以發表在這本雜誌上，一定要讓拉威爾[20]甘拜下風。我再說一次，付諸實行並不困難，只要有錢就辦得到了，其他還有什麼無法實現的理由嗎？你不妨也試一試讓心裡充滿如此燦爛的幻想吧！（不知道為什麼，書信的結尾非得祝福對方身體健康不可。這世上流傳著一則奇譚：有個男人頭腦笨、文筆差、不善言談，唯獨信文寫得特別好。）問一下，我的信算是寫得好，還是寫得差呢？再見。

說個題外話。忽然想到，就順便寫在這裡了。這是個老問題了，「知道，是一種幸福嗎？」

馬場數馬

二　海盜

——看過那不勒斯就可以去死了！[21]

我問馬場，Pirate這個字好像有另一個意思是指著作的剽竊者，用它當作雜誌名稱沒關係嗎？馬場立刻回答，這樣才更有意思呀！Le Pirate——雜誌的名稱就先決定是這個了。包括馬拉美[22]和魏爾倫[23]所參與的《*La Basoche*》，維爾哈倫[24]那一派的《*La Jeune Belgique*》，其他還有《*La Semaine*》和《*Le Type*》，無一不是在異國的文藝界盛綻的火紅玫瑰，這些都是往昔的年輕藝術家們向世界發聲的機關

19 保爾．福爾（Paul Fort，一八七二—一九六〇），法國詩人。
20 約瑟夫—莫里斯．拉威爾（Joseph-Maurice Ravel，一八七五—一九三七），法國作曲家暨鋼琴家。
21 義大利俗諺，原文為「Vedi Napoli e poi muori.」意思是那不勒斯是世上最美麗而繁華的地方，造訪過那裡之後，其他地方就不值一看，也就不必活下去了。
22 斯特凡．馬拉美（Stéphane Mallarmé，一八四二—一八九八），法國詩人暨文學評論家。
23 保爾．魏爾倫（Paul Verlaine，一八四四—一八九六），法國詩人。
24 埃米爾．維爾哈倫（Émile Verhaeren，一八五五—一九一六），比利時法語詩人暨劇作家。

雜誌。啊，我們也即將向他們看齊！暑假結束，我急忙趕往東京，馬場的這股海盜狂熱愈發旺盛，我也受到了感染，兩個人一見面總是興奮地談論著關於《*Le Pirate*》的絢爛幻想……不對不對，是具體的計畫。我們決定一年分別在春夏秋冬四季各發行一次，菊倍版[25]六十頁，整本都用美術紙。雜誌的成員每人發給一件海盜的制服，胸前必須配戴當季的花卉。至於成員互喊的口號，例如：永不發誓。何謂幸福？切勿審判。看過那不勒斯就可以去死了！……等等。我們的伙伴必須是二十至三十歲的俊美青年，具有出眾的一技之長。我們要向《*The Yellow Book*》[26]借鏡，找出一個足以媲美比亞茲萊[27]的天才畫家，把雜誌裡的插畫都交給他。無須仰賴國際文化振興會之類的組織，全憑我們自己的力量向外國宣揚我們的藝術。至於資金，預定由馬場負責兩百圓，我負責一百圓，其他伙伴共同出資兩百圓左右。至於志同道合的伙伴……馬場想介紹我認識一位東京美術學校的學生，名叫佐竹六郎，和馬場有親戚關係。見面那天，我依照和馬場約好的時間，於下午四點左右來到上野公園那家有小菊在的甜酒鋪，馬場已經穿著藏青底碎白紋的單層和服搭配小倉面料裙褲的維新風格，坐在鋪著紅毛毯的長凳上等我了。只見腰繫大紅麻葉花樣腰帶、頭插白花髮簪的小菊端著送茶的漆盤，蹲在馬場的腳邊抬頭望著他的臉，一動也不動。馬場泛青的黝黑面龐，在淡淡的夕照下映得明亮，向晚的霧靄迷濛地籠罩著他們兩人，形成一幅有些詭異的景象，透著狐狸似的鬼魅氣息。我走近馬場，打了個招呼，小菊發出輕聲驚呼，跳了起來扭頭露出皓齒笑著向我問候，那圓潤的面頰卻愈來愈紅。我有些慌張地脫口問了句：「是不是打擾到你們了？」小菊驟然臉色大變，以驚訝的眼神瞪著我看，旋即拿托盤遮住臉並且轉過去衝進了店裡，那一連串的動作猶如一個傀儡戲偶似的。我莫名其妙地目送她的背影離去，在長凳坐了下來。馬場露出了諱莫如深的笑容說道：

「那姑娘竟然信以為真。她那天真無邪的模樣，看起來真不錯哪！」那只碗底有著白馬驕不行字樣的碾茶茶碗，馬場大概也覺得不太好意思，老早就不用了，現在和一般客人一樣，用的是店裡的青磁茶碗。他啜了一口粗茶，說道：「她看我一

25 日本雜誌常用的版面尺寸，長三〇四公釐、寬二一八公釐，或者長三〇四公釐、寬二二七公釐。
26 英國當時的文藝雜誌。
27 奧布里・比亞茲萊（Aubrey Beardsley，一八七二—一八九八），英國插畫藝術家。

臉的鬍子，問我幾天沒剃才變這麼長？我一本正經告訴她，兩天沒剃就長這樣了，還要她盯著仔細看，光憑肉眼就可以看見鬍鬚正在生長的樣子，沒想到她當真蹲了下來，一雙眼睛瞪得和盤子一樣大，一語不發直盯著我的下巴瞧，嚇了我一跳呢。你說，她是因為無知而相信，還是因為聰明才相信的呢？不如以『相信』為題，寫篇小說好了。A信任B，接著是C和D和E和F和G和H以及許多其他人物陸續登場，使出各種花招試圖中傷B，然後呢，A依然信任B，沒有起疑心，始終深信不疑，全盤信任。A是女的，B是男的。這篇小說真無聊，哈哈哈。」他比平時來得興奮。我覺得必須盡快讓他知道，自己只是聽著他說話，完全無意揣測他的內心，於是裝作心不在焉地望著前方西鄉隆盛的銅像，盡量以別無他意的語氣對他說：

「那部小說聽起來挺有意思的，不妨寫寫看吧？」

馬場看起來鬆了一口氣，老練地立刻恢復了往常滿臉不高興的模樣。

「問題是……我不會寫小說。你應該喜歡怪譚吧？」

「嗯，喜歡呀。我覺得怪譚比其他文體更能激發出我的想像力。」

「那你聽聽看這種怪譚吧。」馬場舔了舔下唇，繼續說道，「世上確實存在所謂理性的極限，那是令人毛骨悚然的無間地獄，即使只是稍微窺看一眼，也會驚駭得連一句話都說不出來，就算提起筆來，也只能在稿紙的角落胡亂塗鴉自畫像，連一個字都寫不出來。然而，曾經目睹過無間地獄的那個人，還是暗中構思著要寫出全世界最恐怖的一部小說。當他腦海裡出現了這樣的構思時，世界上的所有小說立刻相形見絀，全都變得黯淡乏味。那真的是一部極其可怕的小說。打個比方，人們在決定帽子在頭上的位置時，戴得太後面覺得不太好，戴得太前面也覺得不對勁，乾脆脫下來又更古怪了，這時，必須為這過剩的自我意識尋求一種統整的方法，而這部小說恰恰能夠如同一枚擺在棋盤上的棋子一樣，提供爽快的解決之道。可是，這真的稱得上是爽快的解決之道嗎？非也。那是一種平靜無風，如同精密的雕花玻璃，又似白皙骨骸一般，俐落明快的解決之道。不對，這樣講也不對，應該是不具任何形容詞，全然純粹『解決之道』。世上確實有那樣的小說。只是那個人自從構思這部小說的那一天起，就開始日漸消瘦，到頭來不是發瘋就是自殺，再不就是成了啞子。你說，哈狄格不也是自殺身亡的嗎？聽說考克多天天只曉得抽鴉片，幾乎瘋了。還有，瓦樂希也有整整十年的歲月是個啞子。甚至在日本，也有一段時期出現了許多悲慘的犧牲者。這一切的嘔心瀝血，只為了成就一部小說。事實上——」

「喂！我來嘍！」一個乾澀的叫聲打斷了馬場的故事。我吃了一驚，回頭一看，不知道什麼時候，馬場的右邊站著一個身穿藏青色制服、身材相當矮小的年輕男子。

「怎麼這麼晚來！」馬場語帶怒氣說道，「我告訴你，這個東京帝大的學生就是佐野次郎左衛門。……這傢伙名叫佐竹六郎，就是那個畫畫的。」

佐竹和我同樣面露苦笑，彼此交換了眼神當作寒暄。佐竹的臉上找不到一條皺紋、一個毛孔，宛如一張研磨得光潔發亮的能劇面具。他的眼神飄忽，眼珠像是玻璃球，鼻子如同象牙雕刻品那般白冷，鼻梁就和刀劍一樣尖利，眉毛宛若柳葉似的細長，薄唇彷彿草莓一般紅豔。相較於那張華麗的容貌，他的四肢簡直纖細得令人咋舌，身高還不到五尺，瘦小的手掌使人聯想到蜥蜴的腳掌。佐竹站著沒有坐下，用他那如老人似的有氣無力的聲音，嘟嘟噥噥地對我說話：

「你的事馬場告訴過我了，真可憐哪。實在不容易喔。」我大為光火，再次打量佐竹那一張白得刺眼的面龐。那張臉像個盒子一樣，沒有任何表情。

馬場用力嘖了一聲，「喂，佐竹，別調侃他了。滿不在乎地調侃別人，是一種卑劣的表現，還不如開口罵人來得磊落。」

「我才沒有調侃他的意思呢。」佐竹平心靜氣地回答，從胸前的口袋裡掏出紫色的手帕，開始慢吞吞地擦起脖子周圍的汗水。

「唉——」馬場嘆了一聲，躺倒在長凳上。「你每一句話的最後沒有加上『呢』或是『哪』那些字就不會講話了嗎？拜託不要再用那些句尾感嘆詞了，那感覺簡直像皮膚上黏著東西甩不掉似的，聽得我實在受不了。」我的感受和馬場一樣。

佐竹把手帕仔細疊妥，收進胸前的口袋，彷彿事不關己地嘀咕說道，「你下一句是不是要嫌我這張臉長得像朵牽牛花似的？」

馬場倏然起身，聲音有些激動。「我可不想在這裡和你吵架！反正我們的話裡都對某個第三者意有所指，不是嗎？」照這樣聽來，他們兩人之間存在著我不知道的內情。

佐竹咧嘴一笑，露出如陶瓷般白皙的牙齒。「這裡已經沒我的事了吧？」

「沒錯！」馬場故意看向旁邊，又更加刻意地打了個小呵欠。

「那我失陪嘍。」佐竹喃喃說道，朝著鑲金邊的手錶盯看良久，宛如在尋思著什麼。「我要到日比谷去聽新響[28]了喔！近衛[29]現在愈來愈懂得做生意了，每一回去音樂會，我的鄰座總是坐著外國的小姐。這可是我這陣子的嗜好呢！」說完，他像隻老鼠般，一溜小跑離開了。

「嘖！小菊，送上啤酒來！妳喜歡的美男子走掉啦！佐野次郎，要不要來一杯？真不曉得我為何要找這個氣人的傢伙和我們合作。那傢伙像個海葵似的，吵起架來絕對贏不了他。他根本用不著回擊，只要軟黏黏地纏住我揮過去的拳頭就行。」講到這裡，馬場忽然一臉正色，壓低聲量說道，「那傢伙居然滿不在乎地握過小菊的手。像他那種惡劣的男人，想必也很容易染指別人的妻子。不過，我懷疑他有陽萎的毛病。哎，他雖是我的親戚，但絕對沒有血緣關係。我不想和他在小菊面前起口角，我最討厭和別人爭執了。老實說，每次一想到佐竹那高傲的自尊，總會讓我冷汗直流。」他握著啤酒杯，長嘆了一聲。「話說回來，那傢伙的畫作，倒是不得不令我佩服。」

隨著夜色逐漸昏暗，上野廣小路的各色燈光依次亮起，映在繁忙往來的人潮上。我出神地俯望這幅雜沓的景象。這時，馬場囁囁地說了一句，沉浸在來自千里之外的無謂感傷之中——單單一句「這就是東京啊……」所帶來的無盡的感傷。

五、六天過後，我從報上看到上野動物園買了一對公貘和母貘，突然很想去開個眼界，於是等學校下課就去了動物園，結果在水鳥的傘形大鐵籠附近，看到了坐在長凳上的佐竹正在寫生簿上畫些什麼。我不得已，只好走過去輕輕拍了拍他的肩膀。

「喔……」他嘟噥一聲，緩緩扭頭看向我。「是你啊，嚇了我一跳呢。坐這裡吧。我正急著趕完這件工作，稍微等一下，我有話對你說。」他的語氣格外冷淡，說完後拿起鉛筆，繼續專心素描。我站在佐竹後面猶豫了半晌，最後決定在長凳坐下，從旁邊瞄了幾眼他的寫生簿。佐竹似乎立刻就察覺了我的偷窺，「我在畫鵜

---

28 「新交響樂團」的簡稱，一九二六年創立，一九五一年接受日本放送協會（NHK）的贊助，改名為NHK交響樂團。

29 新交響樂團的創辦人暨第一代指揮家近衛秀麿。

鶘。」他低聲告訴我，同時以極為粗暴的線條飛快地勾勒出鵜鶘的外貌。「有人願意用每張二十圓的價錢收購我的素描，不管我畫幾張，他全都買下。」他得意地咧嘴而笑。「我不喜歡像馬場那樣滿口謊話。他告訴過你〈荒城之月〉[30]那件事了嗎？」

「〈荒城之月〉？」我不懂他在說什麼。

「這樣看來，他還沒說。」佐竹繼續在圖紙的角落畫出一隻看向後方的鵜鶘。

「馬場以前用瀧廉太郎的化名，作了〈荒城之月〉這首曲子，後來以三千圓的代價，把一切權利賣給了山田耕筰。」

「你說的是那首知名的〈荒城之月〉嗎？」我的胸口一陣興奮。

「他騙人的。」一陣風吹來，掀捲起寫生簿的圖紙，我隱約瞥見了裸女以及花卉的草圖。「馬場是出了名的吹牛大王，而且說得天衣無縫，每個人一開始都會上了他的當。西格提．約瑟夫的事你聽過了嗎？」

「那個聽過了。」我覺得很難過。

「就是那篇附上副歌的文章，對吧？」他沒好氣地說著，將寫生簿啪地一聲闔上。「久等了，我們散散步吧，我有些話想告訴你。」

今天想必沒機會看公獏和母獏了，不如聽一聽這個比獏更加新奇的佐竹要說些什麼吧。我們走過水鳥的傘形大鐵籠，經過海狗的水槽前，就在通過宛如小山般龐大的棕熊的籠子前的時候，佐竹開口了。他的口吻彷彿之前已經背誦得滾瓜爛熟，如果轉換成文字，應該會成為一篇慷慨激昂的文章，然而事實上，他只是用一貫乾澀陰鬱的低聲，流暢地敘述出來而已。

「馬場根本一無是處。天底下哪有不懂音樂的音樂家？我從來沒聽他談過音樂，也沒看他拉過小提琴。作曲？我懷疑他根本看不懂五線譜上的豆芽菜呢。馬場的父母為這個不成材的兒子不曉得掉了多少淚，連他到底有沒有進音樂學校讀書都沒人清楚。他曾經為了當上小說家而努力好一陣子，結果聽說由於看了太多書，反而什麼也寫不出來，真荒唐。近來他又學到了自我意識過剩這個新名詞，不怕丟臉地成天把這句話掛在嘴上，見人就拿出來賣弄一番。我不懂得用那些艱澀的詞彙來

30 知名日本民謠，瀧廉太郎作曲，土井晚翠作詞。

解釋，但是所謂的自我意識過剩，舉例來說，就像有幾百個女學生夾道排成長長的隊伍，而自己恰巧經過那一段路，原本毫不在意地走在路中間，走著走著，舉手投足漸漸變得不自然，視線也不知道該往哪裡看才好，結果弄得自己暈頭轉向。大概就是這種感覺吧。假如我想得沒錯，那麼所謂的自我意識過剩，可以說是一種撕心裂肺的痛苦，自然不可能能夠像馬場那樣成天拿來講得天花亂墜，……更重要的是，他竟然信心滿滿地說什麼要辦雜誌，未免太奇怪了！海盜？什麼海盜嘛！真虧他想得出來。我告訴你，要是把馬場的每一句話都當真，以後一定會懊悔萬分的喔。你不妨記住我這句預言。我的預言相當靈驗唷！」

「可是……」

「可是？」

「我相信馬場。」

「喔，這樣啊。」對我這句肺腑之言，佐竹聽過就算，臉色毫無改變。「這次說要辦雜誌，我從頭到尾就沒有信過他。要我出五十圓？笑死人了。他只是想胡鬧一場罷了，連一絲一毫的誠意也沒有。你或許還不知道，馬場和我，還有馬場他音樂學校的某位學長介紹認識的一個好像名叫太宰治的年輕作家，三個人後天要去你住的地方喔！他說要在你那裡把雜誌的最終計畫定案，……你覺得怎麼樣？要不要我們兩個到時候盡量裝出沒興趣的樣子，在討論的過程不斷潑冷水呢？就算雜誌辦得再好，這個社會也不會為我們喝采。即使做得再怎麼成功，肯定會半途而廢的。當不成比亞茲萊也無所謂，我要的只是拚命畫圖，高價賣出，拿錢去玩。這樣就夠了。」

佐竹說完的時候，我們正好走到山貓的籠子前面。山貓藍色的眼睛冷光閃爍，拱起背脊注視著我們。佐竹慢慢伸手，把抽到一半的菸頭摁在山貓的鼻子上。他神態自若，不動如山。

三　登龍門

——過了這裡，海螺每個兩錢哪！

「聽起來……這雜誌未免太異想天開了。」

「你過慮了，就是一般的小冊子而已。」

「就知道你會這樣說。我已經聽過不少關於你的傳聞了，對你清楚得很。聽說這本雜誌的目標是打倒紀德和瓦樂希，對吧？」

「你是特地來奚落我的嗎？」

就在我下樓一趟的短暫時間，馬場和太宰似乎已經開始爭辯起來了。我端了茶具上樓，一進門就看到在屋子一隅的馬場坐相不雅，支著面頰的手肘杵在桌上，而那個名叫太宰的男人則坐馬場的斜對角，倚牆而坐，兩隻布滿細長腿毛的小腿伸向前方，兩個人都半瞇著彷彿帶著睏意的眼睛，費力且緩慢地交談，然而如蛇信般頻頻噴吐的熊熊火舌，不時從他們的眼角與字裡行間竄冒而出，足以瞥見潛藏在其腹內的憤恨怒氣與騰騰殺意，連我都能立刻感覺到充斥在屋裡的那股劍拔弩張。佐竹伸直了身子躺在太宰旁邊，嘴裡叼著菸，百無聊賴地不停四下打量。事情從一開始就不順利了。這天早上，我還沒睡醒，馬場就闖進了我的住處。今天他規規矩矩地穿著制服，再罩上一件寬大的黃色雨衣。他沒脫下那件被淋得濕漉漉的雨衣，就這樣在屋裡兜來轉去，一邊走還一邊自言自語似地發牢騷：

「喂喂喂，快起來！我似乎神經非常衰弱。雨下得這麼大，待會兒我一定會發瘋的。光是想像《海盜》的事已經讓我瘦下一大圈了。喂，快起來！不久前我遇到了一個名叫太宰治的人，是學校的學長介紹我認識的，說他小說寫得非常好——凡事講究命中注定，所以我已經讓他加入我們了。你聽我說，太宰這個傢伙根本讓人討厭到了極點！沒錯！他是個不折不扣、惹人厭的傢伙，使人產生嫌惡的情緒。我和那種人在生理上相互排斥。他頂著光頭，而且還是一顆頗有深意的光頭。糟糕的品味。錯不了！絕錯不了！那傢伙全身上下的樣貌，一定都來自他本人的品味。不曉得小說家是不是都像他那個樣子，把思想和探究以及熱忱什麼的全都拋到腦後了，根本是個徹頭徹尾的通俗作家。瞧他那張黝黑泛光的大油臉，還有那只鼻子——告訴你，我在雷尼埃[31]的小說裡看過那種鼻子喔！那是極端危險的鼻子，還好鼻翼兩邊深深的皺紋幫忙撐住，否則那顆蒜頭鼻險些就要掉下去了。雷尼埃的描寫實在活靈活現！他的眉毛粗短濃黑又茂密，幾乎把那兩只膽怯畏縮的小眼睛遮住

31 亨利・德・雷尼埃（Henri de Régnier，一八六四—一九三六），法國象徵主義詩人暨小說家。

了。額頭極窄，明顯地刻著兩道抬頭紋，難看得很。他脖子粗，髮根厚重，還被我發現了下巴有三處紅腫的痘疤。依我目測，他身高五尺七寸[32]，體重十五貫[33]，鞋長十一文[34]，年紀絕對還不到三十。喔，我忘了說一件重要的事，他駝背很厲害，就和佝僂病一模一樣。……你不妨閉起眼睛，想像一下那種男人的長相。不過，那些都是騙人的，全是假的。他是騙子，這一切都是裝出來的，絕對錯不了。從頭到腳都是裝給別人看的，騙不過我的眼睛。瞧瞧那滿臉頹廢的鬍渣。不可能，那傢伙怎麼會懶得剃鬍子呢？無論在任何情況下都不可能，那是他刻意蓄留的。哎，我到底在說誰啊！你看，如果沒有經過我像這樣一項一項仔細描述，那傢伙根本連動一動手指、輕咳一聲都沒辦法，麻煩死了！那傢伙真實的面貌是沒有眼睛沒有嘴巴也沒有眉毛的無臉妖怪，得由我幫他畫上眉毛、貼上眼睛和鼻子，他才能擺出一派若無其事的神情，那甚至還是他的招牌表情呢，嘖！我第一次看到他的時候，那感覺簡直就像被蒟蒻般的舌頭舔到臉一樣。仔細想想，我們找來的各個都是怪人呢——佐竹、太宰、佐野次郎、馬場，哈哈哈，這四個人就算一句話也不說，單是並肩而立，這樣的陣容已經足以名留青史了。對！我一定要做！凡事講究命中注定，就算和討厭的伙伴合作，不也別有一番樂趣嗎？我要把這一整年的生命、一切命運，全部賭在《*Le Pirate*》上！看我究竟會淪為乞丐，還是成為拜倫。請神賜予我五便士。佐竹的陰謀什麼的，統統去吃屎吧！」說到這裡，馬場的話聲一沉，「喂，起來嘛，去把窗戶打開。大家等一下就到了。我今天打算在這裡討論《海盜》的事。」

馬場的興奮感染了我，我踢開棉被起身，和馬場一起合力推開了有些腐朽的擋雨窗。本鄉的街頭，家家戶戶的屋頂都籠罩在雨霧之中。

中午時分，佐竹來了。他沒披雨衣也沒戴帽子，只穿著天鵝絨長褲和水藍色的毛夾克，滿臉都是雨水，兩頰泛著如月光般的奇妙藍光。這隻螢火蟲連聲招呼也沒打，彷彿融化了一樣癱軟在房間的一角。

「饒了我吧，我快累死了。」

接著，太宰推開拉門，慢悠悠地現身了。我只看了他一眼，趕緊撇開視線，在

---

32 約為一七〇公分。
33 約為五十六公斤。
34 約為二十六．五公分。

心裡暗叫一聲糟糕。因為他的樣貌，和我根據馬場的形容所想像出來的好與壞的兩種影像之中，壞的那一種影像完全疊合，分毫不差。更糟的是，太宰這時的衣著，恰恰是馬場向來最忌諱的服裝——華麗的大島碎白花紋的加襯和服，繫上整條絞染的棉料腰帶，頭戴粗格紋的鴨舌帽，淡黃色的平織絲絹長襯衣下襬露出了一小截，上面隱約看得到被雨水噴濺的濕痕。他略微提起衣襬坐了下來，故意望向窗外。

「外頭下著雨。」他的聲音像女人那樣又細又高，說完以後回頭朝著我們擠出了一臉笑容，那雙渾濁泛紅的眼睛瞇成了細線。我奔出房間去樓下端茶。等我拿著茶具和鐵水壺回到屋裡時，馬場和太宰已經發生爭執了。

太宰手指交扣，抵在那顆光溜溜的後腦勺上。「好聽話誰都會說。問題是你真有決心要做嗎？」

「做什麼？」

「辦雜誌啊。若是有心要做，我也可以奉陪。」

「你到底為何而來？」

「不曉得啊……吾乃乘風而來。」

「話說在前面，我不想聽到神諭、警語、戲謔，也不想看到你那種輕浮的笑容。」

「那麼，我倒想請問，你為什麼要把我找來這裡？」

「你不是只要有人找，就一定來嗎？」

「這話倒是沒錯。我告訴自己，既然答應了，就非去不可。」

「你認為那是人類理所當然必須遵循的首要義務，對吧？」

「隨你怎麼想。」

「看來，你已經掌握到說話藝術的竅門了？要是我對你說，『在嘔氣嗎？是是是，都怪我不好，平白找你來合辦雜誌！』想必你會立刻賞我一拳。真受不了。」

「彼此彼此，你和我都一樣，打從一開始就互相出拳攻擊，既非只有一方出拳，也不是只有一方受到攻擊。」

「你的意思聽起來像是：『我就站在你面前，下體懸著大陰囊——來吧，我倒要瞧瞧你打算拿這玩意怎麼處理？』……真讓人為難。」

「也許這樣說不太客氣，但是你的話簡直牛頭不對馬嘴。真不懂你的腦子到底在想些什麼？……我總覺得你們只讀過藝術家的傳記，卻對藝術家的工作內容一無所悉。」

「這是指責嗎？還是發表你的研究成果呢？該不會這就是你得出的結論，然後要我們幫你打分數吧？」

「……這叫中傷。」

「那麼我告訴你，所謂的牛頭不對馬嘴就是我的個人特質，世間罕見的個人特質！」

「最典型的牛頭不對馬嘴。」

「懷疑論出現破綻了。哎，別再講下去了，我不喜歡像這樣說相聲似地你一言我一語。」

「你大概不懂自己親筆寫就的作品出版上市之後，遭到惡言抨擊的那種哀傷，也不了解去稻荷神社參拜完狐神之後的那種空虛。你們現在只不過才剛剛通過神社的第一座鳥居[35]而已。」

「嘖，神諭又來了！……我雖沒讀過你的小說，若是把抒情、機智、詼諧、諷諭和架勢等等全部摒除殆盡，我相信你寫出來的只不過是空蕩乏味的低級幽默小說罷了。我從你身上感受不到意志，只感覺到世故；我從你身上感受不到藝術家的氣質，只感覺到人類的五臟六腑。」

「這些我都懂。問題是，我必須想辦法存活。我甚至覺得，向人低聲下氣央託，也堪稱是藝術家的一件作品。我目前在思考所謂的處世之道。我寫小說並不是為了興趣。如果我過著優渥的生活，把寫小說當成消遣，那麼根本連一個字都不願意寫。雖然我明白自己只要提起筆來，就能寫出相當不錯的文章。可是在提筆之前，我會去思索現在要下筆的東西，究竟值不值得自己現在耗費心力去完成？經過各個角度的思考，發現似乎有點大題小作，沒有必要提筆寫下，罷了罷了。結果到最後，什麼也沒寫。」

「既然你抱著這樣的心態，為什麼還說要和我們一起辦雜誌？」

「這回你的研究對象換成我了嗎？我答應的理由是想要發洩怒氣。隨便什麼地

35 鳥居，神社的牌坊，是神域與人域的分界。

方都好，只要能讓我放聲吶喊就可以。」

「啊，我明白你的意思。也就是說，你想手握盾牌，擺出一代豪傑的架勢。問題是……哎，連轉頭亮相的機會都沒有。」

「你真了解我。我到現在還沒有自己的盾牌，都是向別人借來的。即使盾牌再破舊，還是有個自己專用的，心裡才踏實。」

「當然有！」我忍不住插嘴說道，「贗品！」

「正是。佐野次郎，你居然能說出這麼貼切的譬喻，一輩子難得出現一次這樣的神來之筆！太宰兄，那種像黏上假鬍子般帶有流蘇的鍍金銀盾，應該很適合你喔。……不對，事實上，太宰兄已經一派氣定神閒地手握盾牌了嘛，只有我們身上連件武器都沒有。」

「我說些奇怪的話請別介意。在你看來，於大自然裡生長的野莓，以及經過精美包裝後擺在市場上販賣的草莓，哪一邊比較有尊嚴？所謂的登龍門，是把人直接送進市場裡的一座外表華美、內在凶惡的地獄之門。然而，我能夠體會那種包裝精美的草莓的悲哀，而且近來開始認為這樣的草莓值得崇敬。我不會逃走的，你們要做什麼，我絕對奉陪到底。」他撇了嘴角，露出了苦笑。「直到你們清醒過來的時候，就會──」

「慢著，別再往下講了。」馬場抬起右手，在鼻尖前方虛軟地搖了搖，攔住太宰不讓他繼續說。「若是清醒過來，我們就活不下去了。喂，佐野次郎，放棄吧。沒意思了。很抱歉，我要退出了。我可不想淪為別人的盤中飧，要送給太宰吃的油炸豆皮[36]，請上其他地方找去。太宰兄，海盜俱樂部於今日成立以及解散，不過……」馬場起身，大步邁向太宰，「你是惡魔！」

太宰的右頰挨了一巴掌。馬場揚起手，狠狠甩了他一耳光。霎時間，太宰像個小孩子似地哭喪著臉，旋即緊抿著紫黑色的嘴唇，倨傲地抬起頭來。我突然喜歡上了太宰的相貌。佐竹則眼睛輕闔，佯裝在睡覺。

這場雨一直下到了晚上，仍然沒有停歇。我和馬場兩人到了本鄉一家昏暗的關東煮店喝酒。起初我們彷彿死人一般，一聲不吭喝著悶酒，約莫兩個鐘頭過後，馬

---

36 前文提到的稻荷神社奉祀的是狐神，在日本的民間傳說中，狐狸很喜歡吃油炸豆皮，因此民眾到稻荷神社參拜時，常準備豆皮壽司作為供品。這裡是將太宰喻為狐神。

場總算開口了。

「佐竹一定事先拉攏太宰了。他們是相偕來到你住處門前。這種事對佐竹來說，根本稀鬆平常。我早就知道了，佐竹一定私下找你商量過了，沒錯吧？」

「對。」我幫馬場斟了酒，很想做點什麼來安慰他。

「佐竹想從我這邊搶走你。沒有任何理由。那傢伙的報復心特別強烈，比我還要嚴重。這樣說也未必，其實我也不太清楚。……說不定，他只是一個平凡無奇的庸俗之輩而已。沒錯，他那種人在社會上應該只是個普通人吧。不過，那些都無所謂了。不辦雜誌了，心裡反而痛快，今天晚上我總算可以高枕無憂，睡個好覺了！老實說，或許再過不久，我被趕出家門，某天早上一覺醒來，就成了一個孤苦伶仃的乞丐了。所以其實那本雜誌，我從一開始就沒打算要辦。只是因為喜歡你，只是因為不希望你離我而去，這才拿辦《海盜》雜誌當作藉口。每當看到你滿懷對《海盜》的想像，眼中光彩洋溢地敘述著各種計畫的時候，我才感到生命的意義。我覺得自己就是為了看你這雙眼睛，這才活到了今天的。我從你身上學到了真正的愛情，彷彿過去從不知愛情為何物。你是透明的、純真的，並且——還是個美少年！

我似乎從你的眼眸裡看到了彈性的極致。是的。真正窺看到那口理性之井的深底的人，不是我，不是太宰，也不是佐竹，而是你！沒想到竟然是你。……嘖！我怎麼這麼饒舌講個不停呢？太輕浮，太狂躁了。真正的愛情是至死都不能說出口的，這是小菊那個丫頭告訴我的。我這裡有一件天大的新聞。好，就讓你知道吧——小菊愛上你了。她說，就算以死相逼，這件事也不能讓佐野次郎先生知道，因為自己對他喜歡得要命。她故意說著反話，把一整瓶汽水全淋在我頭上，宛如發瘋似地尖聲狂笑。我問你，你最喜歡的人是誰？太宰嗎？莫非是佐竹？不會吧。我想得沒錯吧？我——」

「我……」我打算把心裡的話毫不保留地統統說出來。「我每一個都討厭，只喜歡小菊。剛才見到小菊的時候，我發現自己喜歡小菊勝過河岸那邊的那個女人。」

「好吧。」馬場低低應了一聲，朝我露出微笑，下一剎那突然抬起左手掩面啜泣。他用一種念台詞演戲似的節奏說道，「我可不是在哭喔，這是裝哭，沒掉淚。可惡！大家儘管這樣嘲笑我吧。我會從出生到死亡的那一刻不斷演戲。我是幽靈。

啊，千萬不要將我遺忘！我確實才華洋溢。〈荒城之月〉的作曲者是誰？有的傢伙說是瀧廉太郎，而不是我。大家非要這樣懷疑我不可嗎？好吧，就當我騙人好了。……不，我沒有騙人！是非曲直一定要說個明白才行。我絕沒有騙人！」

我獨自搖搖晃晃地走出店門外。雨還沒停。外頭下著雨。哎，這不是剛才太宰嘀咕過的話嗎？是啊，饒了我吧，我快累死了。啊！我學了佐竹的話。嘖！哎呀，連嘖舌的聲音都和馬場愈來愈像了。漸漸地，我陷入了寂寥的疑問之中。我到底是誰？這個念頭令我不寒而慄。我讓人偷走了我的影子。彈性的極致是什麼東西嘛！我朝前方徑直奔去。牙醫。鳥店。甜栗鋪。麵包坊。花店。行道樹。舊書店。洋房。狂奔中，我彷彿聽到了自己嘟嘟囔囔地說個不停。……電車，快跑。佐野次郎，快跑。電車，快跑。佐野次郎，快跑。我隨口胡謅一段曲調，反反覆覆唱個不停。啊，這就是我的創作。這就是我唯一創作成功的一首詩。太窩囊了！我就是笨，所以沒出息。我就是笨，所以沒出息。車燈。引擎聲。星星。樹葉。交通號誌燈。風。啊！

四

「佐竹，昨天晚上佐野次郎被電車撞死了，你知道嗎？」
「知道。今天早上我從收音機聽到新聞了。」
「那傢伙還真是多災多難。不像我，除非自己上吊，否則大概死不了。」
「是呀，活得最久的大概就是你了，我的預言相當靈驗唷！我告訴你……」
「什麼事？」
「這裡有兩百圓，鵜鶘的畫賣得挺好。本來我是想和佐野次郎去玩，這才努力籌這麼多錢來。」
「給我。」
「可以。」
「小菊，佐野次郎死啦。哎，他不在了，妳上哪裡都找不到他的，別哭了。」
「好的。」
「這一百圓給妳，拿這些錢去買漂亮的衣服和腰帶，一定可以忘了佐野次郎。

所謂水隨方圓之器，人依友而善惡。佐竹啊佐竹，今天晚上我們兩個就別鬥嘴了，和和氣氣去玩吧。我帶你去個好地方，全日本最好玩的地方。……我們還能像這樣好好活在世上，不免對這世間懷有幾分眷戀呢。」

「只要是人，終究難逃一死。」

《文藝春秋》昭和十年

富嶽百景

富士山的峰頂角度，在歌川廣重[1]的畫筆下呈現八十五度，在谷文晁[2]的畫作中也大約是八十四度。不過，根據陸軍實地測量圖所做出的東西向與南北向的斷面圖，其東西縱斷面的頂角是一百二十四度，南北縱斷面則為一百七十度。事實上，不只歌川廣重和谷文晁這麼畫，絕大部分繪畫中的富士山都是以銳角呈現山貌，峰頂尖利纖細又高聳入雲。葛飾北齋[3]甚至還把富士山的頂角畫成像艾菲爾鐵塔那樣，幾乎只有三十度左右。然而，真正富士山的山勢非常緩鈍，東西向為一百二十四度，南北向為一百七十度，完全不是一座陡峭挺拔的高山。假若我是印度人或其他國家的人，某天突然淪為一隻大鷲的獵物，被抓著飛越大洋來到了日本沼津一帶的海岸時，大鷲鬆了爪子掉了下去，在墜落過程中瞥見這座山，大概並不會特別驚嘆吧。除非是早已對日本的富士山嚮往已久的人，才會在目睹的那一刻讚嘆一聲太驚奇了，否則我懷疑，若是對富士山的世俗宣傳一無所知的人，這座山能否打動那顆質樸、純粹又虛空的心？想到這裡，對這座山的信心不再那麼堅定了。太矮了。以其山麓的幅員來看，實在太矮了。占地那般廣大的山麓，至少應該比現在高出一點五倍才行。

如果是從十國嶺望過去，富士山確實很高。從那個方向看的話，山勢相當壯觀。一開始，峰頂被雲霧遮住了，我只能由山麓的坡度推測山頂大概就在那裡，並且以雲霧的某一點作為標記。等到雲霧散去之後一看，我錯了，山頂竟比我標記之處高了一倍，藍色的山巔清晰可見。與其說訝異，我簡直忍不住想捧腹大笑，暗叫一聲：真服了你！人們在面對確切之事時的第一個反應，似乎是不顧體面地哈哈大笑，彷彿全身的螺絲都鬆開來了。這樣的形容或許很怪，總之是一種解開衣帶舒心歡笑的感覺。各位如果與情人見面，情人一見到您就開懷大笑，那就要恭喜您了。請千萬不要責怪您的情人有失禮儀。因為那表示情人見到您時，對您是徹底完全的信任。

從東京的公寓窗口遠望的富士山格外逼仄，冬天看得尤其清楚。雪白的小三角形輕巧地從地平線探出頭來，那就是富士山。要說它像什麼，簡直就是耶誕節裝飾

1 歌川廣重（一七九七—一八五八），日本江戶時代浮世繪畫家。
2 谷文晁（一七六三—一八四一），日本江戶時代畫家，關東南畫之泰斗。
3 葛飾北齋（一七六〇—一八四九），日本江戶時代浮世繪畫家。

的甜點，也宛如一艘左舷傾斜、眼看著即將由船尾漸漸沉沒的軍艦。三年前的冬天，某人向我坦承了一件令人震驚的真相，我完全不知如何是好。當天晚上，我獨自在公寓猛喝悶酒，整夜沒有闔眼，只管大口灌酒。拂曉時分，我去小解，隔著公寓廁所方窗上的鐵絲網看到了富士山。我永遠忘不了那一座雪白小巧、些微左傾的富士山。魚販騎著腳踏車，由窗下的柏油路飛奔而過，還隱約傳來他的嘟噥：哇，今天早上的富士山看得特別清楚哩……冷死人啦……。我站在昏暗的廁所裡，搭著窗上的鐵絲網低聲啜泣。我再也不想經歷那種煎熬了。

十三年[4]的初秋，我決定好好整理思緒，於是帶著一只行囊，踏上了旅程。

甲州。這地方群山的特徵是稜線平緩，模糊而虛幻。小島烏水[5]曾於《日本山水論》中提到，「山形古怪，置身於此，猶如仙遊。」或許甲州的群山，就屬於這一類山中異數。我從甲州市搭上巴士，經過一個小時的顛簸，終於抵達了御坂嶺。

御坂嶺，海拔一千三百公尺。山頂有一家名為天下茶屋的小茶館，井伏鱒二[6]先生從入夏時節就來到這裡的二樓專心寫作，我聽到這個消息後才來到這裡。為了不打擾井伏先生的工作，我租下隔壁的房間，打算暫時在這裡享受山中靈氣。

井伏先生忙於工作，我得到他的允許，得以在茶館住上幾天。於是，就算我百般不願，也不得不天天與富士山打照面。這處山嶺位於從甲府沿著東海道往返鎌倉的要衝，被譽為最具有代表性的富士山北望觀景台。從這裡看到的富士山，應該就是知名的富士三景之一，可是我並不喜歡。不但不喜歡，甚而是嗤之以鼻。這個景象太刻板了。站在此處望過去，富士山在正中央，山下橫躺著白冷的河口湖，近景的群山靜靜地蹲居在山袖兩側環抱著湖水。我光是瞧一眼，便尷尬得紅了臉。這根本是澡堂牆上的油漆畫，舞台上的布景圖。怎麼看都是最典型的富士山景，讓我為之羞愧不已。

我在山嶺那家茶館住了兩、三天後，井伏先生的工作終於告一段落。一個晴天的下午，我們相偕爬上三嶺。三嶺，海拔一千七百公尺，比御坂嶺略高一些。我們沿著陡坡吃力地攀爬，用了大約一個小時總算到達山頂。我走在狹窄的山徑上，一

4　昭和十三年為西元一九三八年。昭和元年為西元一九二六年，後文類推。

5　小島烏水（一八七三—一九四八），日本登山家暨文藝評論家。

6　井伏鱒二（一八九八—一九九三），日本小說家，堪稱太宰治文學與人生的導師。

路奮力撥開纏雜藤蔓的模樣，想必相當狼狽。井伏先生穿的是正式的登山服，一派簡捷輕便的裝束，而我沒有現成的登山服，只能穿著寬袖棉袍。茶館提供的寬袖棉袍衣襬太短，我毛茸茸的小腿露在外面一尺以上，再加上腳底套上向茶館老闆借來的膠底兩趾布鞋，這副德行連自己都看不下去，只好又繫上一條硬質腰帶，再戴起原本掛在茶館牆上的舊草帽，結果模樣更是古怪。井伏先生向來不曾以貌取人，然而這回連他都露出一抹同情之色，忍不住低聲勸慰我：「男人無須在意身上衣著……」這句話我永遠忘不了。就這樣，我們爬到了山頂。這時，一陣濃霧突然撲掩而至，我們站在山巔斷崖邊的展望台，眼前別說是山光水影了，根本什麼都看不見。井伏先生在濃霧下方的一塊岩石坐了下來，閒適地抽起菸來，還放了屁，窮極無聊。展望台上有三家茶店，我們選了其中一家只有一對老夫婦經營的簡素小店，在那裡喝了熱茶。茶店的老太太見我們可憐，忙著安慰說：「這場霧來得真不巧，再過一會兒應該就散了，富士山真的就在眼前看得清清楚楚呢！」說完，她還從茶店裡面拿出一大張富士山的照片，站到山崖邊，兩手高高舉起照片拚命為我們講解：「您們瞧，這麼一大座山就像這樣在這個地方！站在這裡就可以像這樣看得很清楚喔！」我們一面啜飲粗茶，一面望著老太太手上的富士山，笑了起來。謝謝老太太讓我們看到了最美的富士山。雖然霧氣深濃，我們絲毫沒有遺憾。

記憶中應該是兩天後的事了，井伏先生要離開御坂嶺，我也隨同一起到甲府。我將在甲府與某家的小姐相親。井伏先生帶著我來到甲府市郊那位小姐的府上。井伏先生輕鬆地穿著登山服，我則是腰繫硬質衣帶與身穿夏季短外褂的裝束。那位小姐家裡的院子種著許多玫瑰。她的母親歡迎我們的到來，請我們進客廳寒暄，不久，小姐也出來了。我並沒有看她的長相。井伏先生和小姐的母親相談甚歡之際，突然抬眼望向我背後的門框上方，低呼一聲：「咦，富士山？」我也跟著轉身仰頭，望向門框的上面，那裡掛著一幅裝框的富士山噴火口的鳥瞰照，宛如一朵純白的睡蓮。我端詳片刻，慢慢轉回正面，就在這時，瞥了小姐一眼。我決定了。無論要面對多少困難，我都要和她結婚。真感謝那幅富士山成為我人生的轉捩點。

井伏先生於當天返回東京，我則再度前往御坂嶺。接下來的九月、十月，直到十一月十五日之前，我都住於御坂嶺茶館的二樓，一字一句地完成作品，期間還得和那不得我心的「富士三景之一」相望交談至筋疲力盡。

這段期間曾發生過一件令人捧腹大笑的插曲。我有個朋友是大學講師，也是浪漫派的文士，某一天健行時順道來茶館找我，我帶他到二樓的走廊遠望富士山。

「真俗氣，這富士山看起來裝模作樣的，不是嗎？」

「看著它的人都替它覺得難為情了。」

我們抽著香菸說著大話。朋友忽然揚了揚下巴示意，問道：

「咦，那裡有個看起來像和尚的，不曉得是什麼人？」

一名身穿墨色破衣、年約五十歲的矮小男子拖著長杖爬上山嶺，不時回頭仰望富士山。

「看他的樣子，頗有『富士見西行』[7]的風範。」我覺得那名僧人的樣貌有點眼熟。「說不定是一位知名的聖僧。」

「少來了，那是乞丐啦！」朋友冷淡說道。

「不不不，看他一派仙風道骨，步態也格外清雅。傳聞能因法師[8]就曾在這座山嶺賦歌讚詠——」

我話還沒講完，朋友已噗哧一笑。

「喂，瞧吧！哪裡來的步態清雅啊？」

只見那位「能因法師」遭到茶館的狗兒阿八的吠趕，十分倉皇，令人目不忍視。

「我果然沒有識人之明……」我相當失望。

那名乞丐狼狽地左躲右閃，到後來連手杖都扔了不要，手忙腳亂地落荒而逃。沒有一絲一毫的清雅可言。如果說富士山俗氣，那麼法師也同樣俗氣。事情就是這麼回事。現在回想起來，簡直無聊透頂。

有個姓新田的二十五歲敦厚青年，在山麓下那個占地狹長的吉田町上的郵局工作，說是從分送郵件中得知我來到此處，專程到茶館拜訪。我們在我二樓的房間聊談一陣子，彼此相熟了之後，新田才笑著告訴我：「其實我還有兩、三個朋友原本打算一起來拜訪您，可是臨行前紛紛打了退堂鼓，因為大家在佐藤春夫先生的小說裡讀到，太宰先生是極端的頹廢派，並且性格偏激，所以我沒辦法逼他們一起來，

7 日本畫常見的主題之一，畫中人物將斗笠和行囊擺在身邊，眺望富士山的背影。

8 能因法師（九八八—？），日本平安時代中期的僧人暨歌人。

哪裡知道您居然是這樣一位嚴肅正直的人呢！請問我下一次可以帶大家一起來嗎？」

「那倒無妨……」我不禁苦笑。「這麼說，你是抱著必死的決心，代表那群伙伴來探查我的嘍？」

「我是敢死隊。」新田回答得率真。「昨天晚上我還重讀了一遍佐藤老師的小說，抱定決心之後才來的。」

我從房間的玻璃窗望向富士山。富士山不發一語，站在那裡。我心想，真了不起啊！

「真不錯，富士山確實有其了不起的一面。做得真好！」我暗自忖想，自己經常隨著愛憎意念而心波起伏，實在比不過總是以不變應萬變的富士山。富士山果然了不起！富士山做得真好！

「做得真好嗎？」新田複述了我的話，並且會心一笑。

那天以後，新田帶了很多年輕人來找我。他們都斯斯文文的，也都稱我老師，而我也欣然接受這個稱呼。我沒有什麼值得誇耀的，既沒學問，也無才能，肉體汙穢，心靈貧乏，唯獨經歷過的種種苦惱，足以擔待得起讓那些年輕人尊我一聲老師。就只有這樣而已。這股自負細得宛如一根稻草。只有自負這一項，我期許自己確確實實地擁有。我這個被認為是要賴任性的孩子，究竟有多少人了解我內心的苦惱？新田以及另一個擅作短歌、名叫田邊的年輕人，他們都是井伏先生的讀者，這層因素也使得我和這兩人最談得來。有一次，他們帶我去吉田。那個町狹長得令人驚訝，的確很有山麓小鎮的氛圍。富士山擋住了陽光與風，吉田町猶如一根細細長長的莖，昏暗而微寒。清澈的溪水循著道路蜿蜒流淌是山麓小鎮的一貫樣貌，三島那地方也像這樣，有著清澈的溪水流經全町。當地人無不深信，溪水的來源是富士山融化的冰雪。相較於三島，吉田的水量並不豐沛，水質也髒濁。我看著溪水，說道：

「莫泊桑[9]有一篇小說，寫的是有位千金小姐每晚都游過河去與貴公子相會。我納悶的是，她身上的衣服該怎麼辦？總不會是脫光了游過去吧？」

「說得也是。」兩個年輕人想了想。「難道是穿泳衣嗎？」

9　莫泊桑（Henry-René-Albert-Guy de Maupassant，一八五〇—一八九三），法國短篇小說家，享有「短篇小說之王」的美譽。

「把衣服頂在頭上綁好，就這樣游過去嗎？」

兩個年輕人都笑了起來。

「或者小姐直接穿著衣服過河，全身濕透和貴公子相會，兩個人坐在火爐邊把衣服烤乾嗎？如果是這樣的話，那回去的時候怎麼辦呢？好不容易才烤乾的衣服，又得穿著游過河變得濕淋淋的了，真讓人為她擔心。其實，應該是貴公子游過來與小姐相會才對吧？男人的話，即使只穿著一條褲叉游泳，也不至於太難看。難道貴公子是旱鴨子嗎？」

「不，我覺得是那位小姐愛得比較深。」新田認真地說道。

「也許你說得對。外國故事裡的小姐比較有勇氣，讓人欣賞。一旦愛上了，不惜游過河也要和情郎相會。換作在日本，根本不允許她這麼做。不是有一齣名叫什麼的戲就是這樣的嗎？男人和公主分隔在河川的兩岸長嗟短嘆。其實，公主在那種情況下何必嘆氣，只要游過去不就解決了嗎？我看過那齣戲，那條河非常小，嘩啦嘩啦游過去有什麼難的？真不懂隔岸嘆息的意義在哪裡，一點都不值得同情。如果是《生寫朝顏話》裡的〈大井川〉[10]那一段，倒還讓我有些同情。畢竟當時朝顏眼睛瞎了，到了河邊想追上情郎卻又遇到大水。不過，就算在那種情形下，也不是絕對沒辦法游過去。光是在大井川裡緊抱著木樁怨天怨地的，實在沒有意義。啊，我想到一個人了！在日本也有個勇敢的女子喔！她的勇猛令人佩服。你們知道是誰嗎？」

「有這樣的人嗎？」兩個年輕人眼裡放光。

「清姬！她為了追安珍，不惜跟著進入日高川拚命往前游，真叫人欽佩[11]。根據書裡寫的，清姬當時僅僅十四歲呢！」

我們一邊散步一邊閒談，就這樣走到了郊外一家幽靜老旅社。那裡是田邊認識

10 日本的淨瑠璃《生寫朝顏話》中的一段。故事描述宮城阿曾次郎與秋月深雪相戀後，因造化弄人而多次重逢又別離，深雪因故失明之後以當年情郎贈詩而化名朝顏。某日於客棧中，朝顏從聲音認出旅客駒澤次郎左衛門就是當年的阿曾次郎，於是冒著風雨追著前去大井川搭船渡河而去的阿曾次郎，不料河水暴漲，朝顏只能空對船影漸行漸遠。

11 日本的傳說故事。一位俊美的僧侶安珍要前往熊野參拜寺院，途中借住一戶人家，那戶人家的女兒清姬愛上了安珍，執意以身相許，安珍只得騙她等到參拜完再來見她，後來清姬發覺受騙，化身為蛇一路狂追，即使碰上河川，也不惜跳入、拚命前游。最後她追到了道成寺，吐出火焰把躲在大鐘裡的安珍燒死了。

的店家。

三人在那裡喝了酒。當晚的富士夜色美極了。晚間十點左右，兩個年輕人各自回家，留下我一人在旅社。夜裡，我睡不著，套上寬袖和服到外面走一走。夜空中的月亮格外皎潔，富士山看來很美。在月光的映照下，透著晶瑩的藍色，我感覺恍恍惚惚的。富士山，湛藍欲滴。好似燃燒的燐火。鬼火。似陰火。螢火蟲。芒草。葛葉。我彷彿沒了雙腿，徑直在夜路上移動。木屐的踩步聲宛如不是從我腳底傳來，而是一種其他的生物自己發出咔啷咔啷的聲響，清晰地迴盪。我輕輕地回頭一望，映入眼簾的是富士山，燃燒著藍色的火光浮在天上。我嘆了一聲，想像自己是維新志士，想像自己是鞍馬天狗。我裝模作樣地袖著手邁步向前，感到自己是個俊美的好男兒。我走了很久才察覺錢包掉了。可能是因為裡面裝了約莫二十枚的五十錢硬幣，太過沉重而從懷裡掉了出來。奇妙的是，我一點也不在意。沒有錢的話，就這樣一路走回御坂嶺也無妨。我繼續往前走。忽然想到只要循著原路折返，就能找回錢包了。於是我仍然袖著手，踩著蹣跚的腳步往回走。富士山。月夜。維新志士。遺失了錢包。真是饒負趣味的浪漫。錢包果真躺於路中央閃閃發亮。錢包當然還在那裡。我撿起錢包，回到旅社睡下。

是富士山幻惑了我嗎？那一夜，我像個傻子似的，完全失去了自己的意志。直到現在回想起那天晚上的事，依然覺得相當疲憊。

我在吉田住了一晚，隔天，一回到御坂嶺，只見茶館老闆娘露出別有深意的笑容，而她十五歲的女兒則繃著一張臉不說話。我不露痕跡地向她們詳細敘述昨日一整天做了些什麼，想讓她們明白我並沒有做了苟且之事。我鉅細靡遺地講述了住宿旅社的名稱、吉田當地釀造酒的滋味、月夜下的富士山、掉了錢包的事。女孩終於消了氣。

「先生！快起來看呀！」某天早晨，女孩在茶館外尖聲叫喚。我不高興地起了床，到走廊探看。

興奮的女孩雙頰通紅，一句話也沒說，只指向天空。我順著她的手勢一看，是雪。我愣了一下。富士山降雪了，山頂閃耀著白皙的光芒。原來，御坂嶺的富士山景也頗為壯觀。

「真不錯！」

聽到我的讚賞，女孩得意了起來。「景色絕佳吧？」她用了十分貼切的形容詞，蹲著對我說：「這樣，您還覺得御坂嶺的富士山沒什麼好看的嗎？」或許是因為我對女孩說過很多次，從這裡望見的富士山太俗氣了，使她耿耿於懷。

「富士山果然只有雪景值得一看。」我一臉嚴肅地告訴她。

我穿著寬袖和服在山間漫步，帶回滿滿兩掌心的月見草種子，撒在茶館的屋後，並且叮嚀女孩：

「要記得，這是我種的月見草，明年我還會再來看它，所以不可以把洗完東西的髒水潑在這邊喔！」女孩點了頭答應。

之所以特意選了月見草，是因為我深信月見草與富士山最相稱。御坂嶺的那間茶館是山裡的獨棟房屋，郵差不會把信件送來這裡。從嶺上得搭巴士三十分鐘左右，才能抵達山麓河口湖畔的河口村，一處名副其實的偏僻村落。河口湖的郵局會為我保管郵件，我大約每隔三天就得去一趟郵局收信。我會選個天氣好的日子下山。這條路線的巴士女車掌並不特別為遊客導覽沿途風光，但偶爾會忽然想起什麼似的，彷彿自言自語般，用閒散又懶洋洋的語氣為乘客介紹那是三嶺，對面是河口湖，湖裡有西太公魚等等。

我從河口湖郵局領了信，再度搭上巴士回到山上茶館的途中，坐在隔壁的是一位罩了件深褐色披風、膚色蒼白而容貌端正、長相神似家母的六十歲老婦人。此時，女車掌忽然又想起什麼似的，用既不像講解，也不像獨自讚嘆的語氣告訴乘客，「各位，今天可以很清楚地看到富士山喔！」於是，揹著背包的年輕上班族，以及小心翼翼地拿手帕掩嘴、頭頂蓬鬆的傳統髮髻、身穿綢絹貌似藝妓的女人等等，紛紛轉身將頭探出車窗外，驚喜地望向那平凡無奇的三角形山峰，此起彼落地發出了愚蠢的讚嘆之聲，車裡一時之間吵嚷不已。唯獨我身邊的這位老婦人與其他的遊客不同，或許是心裡有著深深的憂愁，連一眼也沒有瞥向富士山，而是凝視著富士山對側、山路旁的斷崖。見到這位老婦人的態度，我暗自叫好，那股快意讓我體內一陣酥麻。我好想讓這位老婦人明白，自己和她一樣有著高尚而虛無的心懷，根本不想瞧看那種俗氣的山，我也完全能夠體會到她的痛苦與寂寞。為了主動向老婦人表達兩人心有同感，我撒嬌似地將身體朝她挪近，老婦人仍舊一動也不動，漫不經心地望向懸崖。

老婦人彷彿也對我產生了幾分信賴，忽地囁囁說了句：

「咦，是月見草。」

說完，還抬起細瘦的手指，示意我看路旁的某處。巴士疾駛而過。直至現在，我的眼裡依然留有那驚鴻一瞥的殘像——一朵金黃色的月見草豔麗的花影。

那一朵月見草與高度三七七八公尺的富士山兩相對峙依然毫無懼色，那昂然挺立的模樣實在太令人欽佩，我簡直想尊稱為金剛大力草。月見草與富士山最相稱。

十月已過大半，我的工作卻遲遲沒有進展。我思念人群。傍晚時分，宛如鴻雁白腹般的卷雲刷過了滿天的紅霞，我在二樓的走廊上一個人抽著菸，故意不去看富士山，而將視線對準那滿山鮮紅如血般的紅葉，接著朝在茶館門前掃集落葉的老闆娘喊道：

「老闆娘！明天是大晴天喔！」

那近似歡呼的嘶啞叫聲，把我自己也嚇了一跳。老闆娘停下掃地的手，仰起臉來，納悶地皺著眉頭問我：

「您明天有什麼事嗎？」

被老闆娘這麼一問，我不曉得該怎麼回答。

「沒事。」

老闆娘笑了出來。

「您在這裡悶得發慌了吧？要不要去爬爬山呢？」

「就算爬到山上，又得立刻下山，一點意思也沒有。不管爬上哪座山，看到的都是同一座富士山，一想到這件事，我就提不起勁來。」

老闆娘大概不太懂我的話中之意，不置可否地笑了笑，繼續掃集枯葉。

睡前，我輕輕揭開窗簾，從窗裡看著富士山。月下的富士山呈現泛著青光的白，像個水精靈一般悄然佇立。我發出嘆息：喔，可以看到富士山，星星也又亮又大，這麼說，明天會放晴了。我帶著這有些雀躍的喜悅，緩緩闔上窗簾，躺下來睡。然而，當我想到，就算明天放晴，對自己也毫無影響，忍不住在被窩裡苦笑起來。我好難受。問題在工作——比起單純動筆書寫的痛苦，不對，動筆書寫對我而言是一種享受，我指的不是那個，而是關於我的世界觀和藝術，關於明日的文學，也就是所謂嶄新的事物，到現在我還在慢吞吞地思索，煩惱不已，折磨著我的身心，而這樣的形容絕無誇大。

我想，要達到簇新的境地，只能一把抓起那些因為素樸自然所以顯得簡潔鮮明的東西，直接將它們的原貌呈現於紙張之上。當我腦中浮現這樣的想法時，眼前的那座富士山也映顯出另一番意涵了。這樣的風貌，這樣的呈現，或許正是我所思考的「單一呈現」之美。我試著以更為包容的心態來觀賞富士山，然而，這座富士山在我眼中依舊簡略得猶如一支插在地面的短棍子似的，令我難以苟同。假如這樣叫做好看，那麼彌勒佛像的擺飾也可以算是好看，可是我實在受不了俗氣的彌勒佛像擺飾，怎麼樣也無法認同那種東西稱得上是美的呈現，換言之，這座富士山的形貌，畢竟還是與美的形象有所不同。我再一次確認了富士山絕不是我心中想像的美的樣態。

從早到晚，我望著富士山，度過憂鬱的每一日。十月底，某一天，從山麓的吉田町來了一群賣春婦，分乘五輛汽車來到了御坂嶺。今天大概是她們一年一度的休假日。我從二樓看著那副景象。形形色色的賣春婦逐一下了車，宛如一群從籠子裡被放出來的鴿子似的，起初不知道該往哪裡走，只能徬徨無助地擠成一團，不發一語地你推我擠，一會兒過後，那種不尋常的緊張感逐漸抒解開來，她們開始悠閒地逛了起來。有的文文靜靜地挑選著擺在茶館門口的風景明信片，有的駐足遠望著富士山。這一幕晦暗而寂寥的景象，令人不忍目睹。此時，二樓有個男人，儘管與她們有著生死與共的同感，卻沒有辦法為這些賣春婦的幸福提供絲毫幫助。我唯一能做的事，只有像這樣看著她們。痛苦的人兒繼續痛苦吧！墮落的人兒儘管墮落吧！這些都與我無關。紅塵凡間就是如此。我雖這樣假裝冷酷地俯視著她們，心裡卻十分痛苦。

我突然心生一計，不如將她們託付給富士山吧！「喂，這群女子就拜託您啦！」我抬頭望向聳立在寒空中的富士山，這時的富士山儼然是一位身穿寬袖棉袍、雙手揣入懷裡的高傲大頭目，我很放心央託這樣的富士山照顧她們。我心情放鬆下來，帶著茶館的六歲男童以及長毛狗小八，離開這群賣春婦，前往山嶺附近的隧道遊玩。隧道的入口處有名三十歲左右、身形纖瘦的賣春婦，獨自一人默默地採著毫不起眼的花草。我們從旁邊經過，她依然頭也都不回地專心摘花。我再次抬起頭，向富士山祈求，「這名女子也順便拜託您了！」接著，我牽著男童的手，跨步走進了隧道。隧道裡冰冷的地下水滴落到我的面頰，滴落在我的脖頸。我完全不在意這些水滴，刻意邁開大步繼續前行。

當時，我的婚事遇到了挫折。我已經確信家鄉不會提供任何資助了，不知如何是好。原先打的如意算盤是，家鄉至少可以贊助一百圓左右，如此一來就能舉行一場簡單隆重的婚禮，至於往後養家活口所需，再靠工作賺取。可是和家鄉通了兩、三封信之後，我明白家裡不會提供任何幫忙，實在一籌莫展。既然這樣，即使婚事破局，我也無話可說，總之先向對方和盤托出實情。我於是獨自下了山，前往位於甲府的女方家中拜訪。所幸當天小姐也在家。我被領進客廳，向小姐與她的母親坦承以告。解釋的過程中，莫名地不時變成演說的口吻，但應該如實表達出我誠摯的心意。小姐態度穩重，納悶地詢問我：

「這麼說，府上反對這門親事嗎？」

「不，並非反對！」我按在桌面的右手掌微微使力，「我想，他們的意思是，要我自己想辦法。」

「這樣很好。」小姐的母親優雅地笑著說道，「如您所見，我們並不是有錢人家，那些鋪張的繁文縟節反倒不自在。對我們來說，只要您對愛情與工作懷抱熱忱，這樣就好了。」

我連答謝都忘記，好半晌望著院子發呆，感覺到眼眶發熱。我決定往後一定要好好孝順這位母親。

告辭後，小姐還送我到巴士站。前往的路上，我故意問了她：

「妳覺得要不要多交往一陣子看看呢？」

「不用，這就夠了。」小姐笑著回答。

「有沒有什麼事要問的呢？」我愈問愈蠢。

「有。」

不管小姐問我什麼，我都決定說出實話。

「富士山已經下雪了嗎？」

這問題令我大失所望。

「下雪了。山頂上已經──」我話沒說完，忽然瞥見富士山就在正前方，頓時不太高興。

「什麼嘛，從甲府就能看到富士山了啊？把人當傻瓜嗎？」我的口氣像個流氓。「妳問了個笨問題，拿我當傻瓜！」

小姐低頭竊笑。

「可是您從御坂嶺來，不問一問富士山的事，好像有點失禮。」

這女孩真讓人摸不透。

從甲府回到茶館後，我才察覺到肩膀嚴重僵硬，痛得連呼吸都困難。

「真好，老闆娘，還是御坂嶺這裡好，感覺就像回到自己家裡。」

吃完晚飯，老闆娘和女兒輪流為我捶肩。老闆娘硬而有力的拳頭拳拳到位，女孩的拳頭卻軟綿綿的，沒能捶到痛處。我吩咐她用力一點，再用力一點，女孩乾脆拿來木柴往我肩上咚咚敲打。不動用到木柴還真沒辦法舒緩肩膀的僵硬，可見得我在甲府有多麼緊張、多麼用心想挽回婚事。

從甲府回來後，我有兩、三天都是恍惚無神，提不起勁工作，坐在桌前只能隨手塗鴉，一連抽掉了七、八包黃金蝙蝠牌捲菸，不然就是躺臥著反反覆覆哼唱著「金剛石若未琢磨……」那首歌[12]，小說卻連一張稿紙也沒寫。

「先生，您去了甲府回來，進度變慢了喔。」

一天早晨，我手撐在桌上托著面頰，閉起眼睛，腦中思緒紛擾。那個十五歲的女孩在我背後擦著壁龕，打從心底為我擔憂，但說話的口吻聽來有些刺耳。我頭也沒回地問她：

「是嗎？進度變慢了嗎？」

女孩沒停下手中擦拭的動作，接口回答：

「是呀，進度變慢了。您這兩、三天根本沒用功嘛。我每天早上最期待的事，就是按照編號順序整理那一疊散亂的稿紙，寫得愈多，我愈開心。您知道我昨晚偷偷來二樓看了您嗎？結果那時您蒙著頭呼呼大睡呢！」

我非常感激。說得誇張一些，這是對一個人奮力求生的努力，所給予的純粹鼓舞，並且不求一絲回報。我覺得這女孩真美。

到了十月底，山裡的樹葉轉紅為黑，看起來變髒了。經過一夜暴風吹襲，滿山

12〈金剛石．水隨器〉的第一句歌詞，意喻玉不琢不成器。該歌曲由明治天皇的皇后作詞，音樂教師奧好義譜曲，編入小學音樂教材中。

頓時成為暗黑的枯木。遊客寥寥可數，茶館的生意也變差了。老闆娘不時帶著六歲的男童去山下的船津或吉田採買東西，把女兒一個人留在店裡。沒有遊客的時候，一整天只有我和女孩單獨在山上。我在二樓待得無聊，到戶外晃一晃。我走到茶館後面，靠近正在洗衣服的女孩身邊，大聲說了一句：

「好無聊喔！」

說完還笑了起來。女孩只低著頭沒作聲。我探看了她的表情，不禁吃了一驚。因為她簡直快哭出來，臉上明明白白寫著恐懼。我不無苦澀地想著原來她怕我，於是立刻轉身往右，走向滿地落葉的小山徑，很不高興地用力踩踏，在山間胡亂兜繞。

那天之後，我提醒自己行事需謹慎。店裡只有女孩一人的時候，我盡量不走出二樓房間。但是茶館來了客人時，基於保護女孩，我便刻意踏著重重的腳步走下二樓，找個角落坐下，慢慢地喝茶。某一天，來了一位作新娘裝扮的客人，以及兩位身穿印有家徽外褂的老先生，一同搭乘汽車來到嶺上的這家茶館稍事休息，當時也只有女孩一個人在店裡。我照舊下到一樓，坐在角落的椅子抽菸。新娘穿著下襬綴有紋飾的長襬和服，腰間繫著織錦衣帶，頭上戴著純白蓋頭，一身絢爛的正式禮服。女孩不知道該如何接待這幾位罕見的來客，只端了茶給新娘和兩位老人家，就趕忙躲到我的背後，閉緊嘴巴打量著新娘。想必今天是那新娘一生一度的盛大日子，要從山嶺另一邊的船津嫁到吉田，於出嫁的途中在這山嶺上歇息一下，遠眺富士山美景。這一趟浪漫的旅程，即使在旁人的眼中看來，也同樣能感受到新嫁娘的羞澀之情。不久，新娘悄悄走出茶館，站於店門前的崖邊賞攬富士山風光。她的站姿十分大膽，居然雙腿交叉成X型。我端詳著這位一點也不緊張的新娘，以及富士山與新娘兩相對照的景象。片刻過後，新娘忽然朝著富士山打了一個大呵欠。

「天呀！」

我的背後傳來了一聲小小的驚呼。女孩似乎同樣眼尖地目睹了那個大呵欠。停留一陣子後，新娘一行人坐上了等在一旁的汽車下山去了。新娘一離開，就被我們批評得一無是處。

「那個女人一副駕輕就熟的模樣，想必已經是第二次，不，是第三次嫁人了吧。新郎正在山下苦苦等候，她竟然還有閒情逸致下車欣賞富士山！這要是第一次出嫁，絕不可能做出那麼厚臉皮的舉動！」

「她還打呵欠呢！」女孩極力附和我的看法。「嘴巴張得那麼大打起呵欠，真不害臊哪！先生，您可不能娶到這樣的太太喔！」

我都年紀一把了，聽到女孩這番話居然臉紅了。婚事傳來佳音，有位前輩願意為我打點張羅，只請來兩、三位至親見證，就在那位前輩府上舉行一場寒酸而鄭重的婚禮。對於這份隆情厚意，我像個少年一般感激又興奮。

時序已至十一月，我已經捱受不住御坂嶺的凍寒了。茶館裡備了暖爐，老闆娘親切地對我說：「先生，二樓很冷吧？工作的時候要不要來暖爐這邊呢？」可是，我無法在別人的視線下寫作，因而婉拒了她的好意。老闆娘放心不下，特地到山下的吉田去買了暖爐桌回來，好讓我能夠待在二樓房間的暖爐桌裡工作。這間茶館的家人對我的關照，令我由衷感謝。可是，眼看著已有三分之二的山貌被白雪覆蓋的富士山，以及近處的群山遍布蕭瑟的枯林，再繼續待在山嶺上忍受著刺骨寒風也是沒有意義，我於是決定下山了。下山的前一天，我套著兩件寬袖棉袍，坐於茶館的椅子上啜飲著燙口的粗茶時，有兩名穿著冬季外套、貌似打字員的年輕又聰慧的女孩，從隧道的方向走了過來。她們大概聊得開心，一路不停地咯咯發笑。忽然間，她們看到了眼前那座雪白的富士山，大為訝異地停下了腳步，窸窸窣窣一陣商量之後，其中一名戴著眼鏡、皮膚白皙的女孩，笑咪咪地朝我走來。

「不好意思，可以麻煩您幫忙拍張相片嗎？」

我有些慌張。一來，我實在不善於操作機械，並且對拍照也毫無興趣，況且身上疊穿著兩件寬袖棉袍，連茶館的人都笑說像個山賊似的，沒想到我這副粗野的模樣，竟然遇上了大抵是來自東京的摩登小姐，請託這種時髦的玩意，心裡實在狼狽得很。但是轉念一想，我這身裝束看在別人眼裡，或許有幾分別致的山野鄉情，並且還像個善於按快門拍照的男子，不禁有些興奮地答應幫忙。我強自鎮定，接過女孩遞來的相機，裝作只是隨口問了操作方式，接著試著對準那不斷顫抖的鏡頭。正中央是好大的一座富士山，底下則是像罌粟花般的兩個小人兒。兩人都穿著紅外套，相互依偎擁抱。我想，她們臉上一定笑得很認真。我實在太想笑了，握著相機的手抖個不停，怎麼樣都沒辦法拿穩。我勉強忍住笑意，對準鏡頭，那兩株罌粟花愈來愈清晰地落在鏡頭中，但焦距怎麼調都調不準，我終於決定把她們兩人撇在鏡頭之外，只捕捉了滿滿的富士山身影。富士山，再見了，感謝您的照顧。咔嚓！

「照好了。」

「謝謝！」

兩人齊聲向我道謝。等她們回去後把照片洗出來，一定會非常驚訝。因為照片裡只有龐然巨大的富士山，完全看不到她們兩個人。

隔天，我下山了，先在甲府的一家廉價旅社投宿一晚。翌日清晨，我倚著旅社走廊邊髒汙的欄杆，看著富士山。從甲府這邊望見的富士山被群山遮住，只探出約莫三分之一的面容。真像一株燈籠草。

《文體》昭和十四年

東京八景

（獻給苦難中的某人）

這裡是位在伊豆南部一處乏善可陳的山村，除了有溫泉湧出，其他什麼都沒有了。村民約為三十戶。只因為住在這樣的地方應該不必花太多錢，於是我選擇來到了這處荒蕪的山村。那一天是昭和十五年七月三日。我手頭略有寬裕，然而未來仍是一片黯淡。說不定以後再也寫不出小說了。假如我在這兩個月裡連一個字都寫不出來，恐怕就要回到從前那種身無分文的日子了。如此想來，手頭的這點寬裕實在算不上什麼保障，但即便是這般微不足道的寬裕，已是我是這十年來絕無僅有的富綽了。我是在昭和五年的春天來到了東京展開了新生活，當時已經與名為H的女人同居。雖然鄉下的大哥每個月都會寄來足夠的生活費，但我們這兩個不懂得開源的傻子，縱使已經盡量節省度日，到了月底總得拿一、兩件東西送進當鋪。最終，我還是在第六年與H分手了，自己只留下了棉被、桌子、檯燈和一只行李箱，另外還有高額的負債。兩年後，承蒙某位前輩的關照，我和常人一樣相親，進而成家了。又過了兩年，寥寥可數的創作已經出版將近十冊，我總算不再被生活逼得喘不過氣來。即使對方沒有邀稿，只要我努力寫完拿去出版社，大約每三篇可以賣出個兩篇。今後的工作必須憑真本事了。我只想寫自己想寫的東西。

儘管手頭上的寬裕既無保障，也透著一絲不安，但我真的打從心底感到喜悅。至少在這一個月之內，我可以盡情寫作，不必擔心錢的事。這一切就像作夢一般。心神恍惚與惶惶不安在胸口錯綜交織，我反而坐也不是站也不是，根本無法動筆。

東京八景。我總想著遲早要精雕細琢地寫出這則短篇作品。我想把住在東京十年的時光，寄情在每一片風景裡。我今年三十二歲。依照日本的倫理來說，這個年齡即將邁入中年的階段了。不僅如此，當我審視自己的肉體與熱情，同樣無法否定這個悲傷的事實。我告訴自己：聽清楚，你已經失去青春了，你的臉上明明白白寫著自己是個年屆三十的男人了。東京八景，將是我與青春的訣別，它的每一個字都不用來討好任何人。

那傢伙變得愈來愈庸俗了——那惡意中傷的無知言語，隨著微風悄悄飄進我的耳裡。每聽見一次，我都在心裡聲嘶力竭地回答：我從一開始就是個庸俗之人，只是你們沒發現而已！你們根本弄反了！當我立誓以文學為畢生志業時，那些愚蠢的人反倒沒把我看在眼裡。我只能冷笑一聲。青春永駐，只存在演員的世界裡，文壇上可沒有這回事。

東京八景。此時此刻，正是我必須寫下這篇文章的時機。目前沒有急迫的稿約，口袋裡還有一百多圓。現在可不是在狹小的房間裡漫不經心兜著圈子繞、一聲聲嘆息中夾雜著心神恍惚與惶惶不安的時候。我必須不停地往上爬才行。

我買下一張東京市的大地圖，從東京車站搭上火車前往米原，沿途一次又一次告誡自己：這一趟可不是去玩的，而是要拚盡全力打造畢生最重要的紀念碑。我在熱海換乘火車前往伊東，再由伊東搭乘開往下田的巴士，沿著伊豆半島的東海岸搖搖晃晃地朝南方行駛三個小時之後，在這處幾乎看不到那所謂三十戶人家的山村下了車。我猜想，在這樣的地方投宿，一個晚上總不至於超過三日圓。眼前只見四家相鄰的小旅社，同樣破舊得讓人近乎憂鬱。我從中選了F旅館，因為它是四家旅社中勉強算是像樣一點的。一個貌似粗野加上壞心腸的女侍領著我上了二樓。我踏進客房一看，都已經是成年的大男人了，居然險些不爭氣地掉下淚來。這裡讓我想起三年前在荻窪租借的一間公寓房，那已經是荻窪是最下等的房間了，可是這一個六張榻席大、緊鄰棉被儲存室的客房，卻比那間租屋還要廉價又簡陋。

「沒有其他房間了嗎？」

「是的，都客滿了。這房間很涼爽喔！」
「是嗎？」
我覺得自己被看輕了，或許是衣著寒酸的緣故。
「住宿分成三圓五十錢和四圓兩種，午餐費另外算。您要選哪一種呢？」
「請給我三圓五十錢的房間，午餐想吃的時候再告訴妳。我想住在這裡專心寫作十天左右。」
「請稍等一下。」女侍下樓，不久後回到客房。「不好意思，如果是長期住宿，要先收錢。」
「是嗎？給多少才好呢？」
「這個嘛，給多少都可以……」女侍欲言又止。
「那先給五十圓吧？」
「好的……」
我掏出紙鈔擺到桌上，心裡的怒火漸漸竄升。
「全都給妳！這裡有九十圓！我錢包裡只剩買菸錢了。」

我不禁埋怨自己怎麼會來到這種地方。

「真不好意思，我先收下了。」

女侍退了下去。不可以生氣，還有重要的工作等著我去做。我強迫自己接受以目前的身分大概只能得到這樣的待遇，從行李箱底拿出了鋼筆、墨水和稿紙。

十年來首度的手頭寬裕，居然落得這樣的下場。我催眠自己，這樣的悲哀是命中注定，忍住怒氣開始工作。

我不是來玩，是來努力工作的。那天晚上，我在昏暗的電燈下把東京市的大地圖在桌面攤了開來。

上一次像這樣攤開東京全圖不曉得是幾年前的事了。十年前，我剛搬到東京的時候，連買張地圖都覺得難為情，深怕被嘲笑是個鄉下人，猶豫再三才下定決心，還刻意用自我解嘲的語氣買了一張地圖，趕緊揣進懷裡慌忙地走回公寓，入夜以後才關起房門，偷偷揭開地圖來看。上面布滿紅色、綠色和黃色的漂亮圖形，看得我十分入迷，連呼吸都忘了。隅田川。淺草。牛込。赤坂。這些地名都在上面，想去的話隨時都能去。我彷彿目睹了奇蹟。

現在，看著這張宛如被蠶啃過的桑葉狀東京市全貌，我不禁想像著那些地方的居民多采多姿的生活風貌。大批人群從日本全國各地蜂擁來到這片貧乏無趣的原野，汗流浹背地相互推擠爭奪每一寸土地，以喜以憂，嫉妒仇視，雌性呼喚雄性，而雄性只是近乎瘋狂地到處亂走。《埋木》[1]這部小說裡一行悲傷的文字，就這麼沒來由地陡然浮上了我的心頭——戀愛，就是夢到的是美事，做的卻是穢事。這段文字和東京根本沒有任何關係。

戶塚。這裡是我來到東京的第一個落腳處。排行在我上面的那個哥哥[2]就在這地方獨自租下一棟房子，學習雕刻。昭和五年，我從弘前的高等學校畢業，進入了東京帝大的法國文學系。儘管一句法文也不懂，但我真的很想上法國文學課，對辰野隆[3]教授既尊敬又畏怕。我在距離三哥家約莫三百公尺處的一棟新蓋好的公寓，租下裡面的一個房間。即使是親兄弟，同住在一個屋簷下難免會發生不愉快。我們

1 或指日本作家暨歌人樋口一葉正式登上文壇的小說，於一八九二年在《都之花》雜誌刊載。
2 太宰治的三哥津島圭治，就讀東京美術學校雕塑科，因肺結核病逝。
3 辰野隆（一八八八—一九六四），日本的法國文學家，亦為東京帝國大學教授。

都沒有說出來，但心裡都同意這樣能讓彼此相處起來比較舒服，所以雖然兩人住在同一個地方，卻分別住在相距三百公尺之處。過了三個月後，三哥生病過世了，僅僅只有二十七歲。三哥死後，我仍然住在戶塚，從第二學期開始幾乎沒去學校上課，而是毫不在乎地協助一般人最害怕的那種祕密工作[4]。我帶著輕蔑的態度，接觸誇張地號稱是該工作一環的文學。在那段時期，我是個純粹的政治家。那一年的秋天，有個女人從鄉下來找我。是我叫她來的。她是H。H是我進入高等學校那一年的初秋認識的，到現在已有三年了。她是個天真無邪的藝妓。我為了這個女人，在本所區東駒形某戶木匠家的二樓租了一個房間。在那之前，我們完全沒有肉體上的關係。大哥曾為這個女人的事，特地從家鄉來到這裡。我們這兩個七年前喪父的兄弟，在戶塚那個陰暗的租房重逢了。大哥看到弟弟突然改變的惡劣態度，忍不住流下了眼淚。大哥答應我，以後一定讓我們結婚，於是我將這女人交給了大哥。比起傲慢地交出女人的弟弟，將女人帶回去的大哥必然更是痛苦萬分。在把女人交給大哥的前一夜，我第一次和那女人發生了關係。大哥帶著女人回了鄉下，然而女人自始至終愣傻著沒有反應，之後只寄來一封措辭客套的信說已經平安到家了，再來就不曾捎過音信了。對於女人的狀似無牽無掛，我憤恨難平。我為了妳，不惜讓所有的親人震驚、讓母親嘗到地獄般的痛苦，仍然誓言奮戰到底，妳卻因無知的自信而一副懶洋洋的，真是太差勁了。我認為她應該天天寫信給我才對，她應該更愛我才好，無奈這女人根本沒想到該寫信。我絕望了。我從早到晚，為了協助前面提到的工作而到處奔忙，從不拒絕別人的央託，卻也漸漸發現自己在那方面的能力有限。於是，這又讓我絕望了。銀座的後巷有個吧女很喜歡我。任何人都曾被人喜歡過。那是個不潔的時期。我邀請那吧女一起去鎌倉跳海。當時覺得，當一切破滅的時候，就是該尋死的時刻了。那項反神性的工作也瀕臨破滅了。只因為不想被批評是卑鄙之人，我連肉體上難以承受的工作也接了下來。H滿腦子只想著自己的幸福。全世界只有妳不配當女人，因為妳不懂我的痛苦，活該接受這樣的報應。妳罪有應得！對我來說，最痛苦的莫過於與所有的親人分隔兩地。我決定跳海的最直接原因之一是，由於自己與H的事，使得母親、使得大哥、使得姨母[5]對我失望了。

4　太宰治從這個時期開始投身左翼運動。

5　因太宰治的母親體弱多病，由母親的妹妹將他帶大。

結果，女人死了，我活了下來。關於這位死去的人，我過去寫過了好幾次。那是我生涯中的汙點。我被關進了拘留所，經過訊問之後，檢方決定不起訴。這是發生在昭和五年年底的事，幾位兄長對這個逃過死劫的弟弟寬容以待。

大哥為H贖身，在隔年二月將她送到了我的身邊。大哥向來遵守許諾。H一派輕鬆地來到了東京。我們在五反田的島津公爵府邸分售地旁租下月租三十圓的房子。H十分勤奮地工作。這年，我二十三歲，H二十歲。

住在五反田的那段日子是愚蠢的時期。我懷憂喪志，連一絲再次出發的希望都沒有。頂多偶爾朋友來訪，我說些話讓他們開開心，就這樣而已。對於自己醜陋的前科，我非但沒有羞愧，甚至還隱約引以自豪。那真是不知廉恥又低能的時期。至於學校，還是老樣子，幾乎沒去。我厭惡一切努力，吊兒郎當地看著H一天捱過一天。就像個傻子，什麼也沒做。接著，我又慢慢開始協助之前的那種工作了，但這次卻沒有任何的熱情，只是一個無業遊民的漠不關心。那就是第一次在東京一隅擁有一個家的那段日子，我的樣貌。

那年夏天，我們搬到神田的同朋町。同一年晚秋，我們又搬到神田的和泉町。

接著是翌年早春，我們再搬到淀橋的柏木。沒什麼事值得一提的。我自號朱麟堂，專注於俳句的創作，就像個老人。由於協助前面提到的工作，我再度進了拘留所。每次從拘留所出來，我總聽從朋友們的建議，搬到其他地方。心中沒有任何感激，也沒有任何厭惡。我委頓無力，心想如果這樣做對大家都好，那就照他們說的去做吧。我就這樣和H兩人雌雄同穴，漫無目標，度過一天又一天。H過得很快樂，雖然一天總會罵我兩、三句髒話，不過罵完以後就若無其事地研讀英語。我找時間教她，可是她老是記不住，好不容易才學會了英文字母，後來就沒再繼續往下學了。她的信依舊寫得很差，根本不想寫信，通常都由我打好底稿讓她照抄。她似乎很喜歡這種有手下供其差遣的感覺。即使我被警察帶走，她也不曾驚慌失措，有時候甚至把我的思想解讀為俠義之舉。同朋町、和泉町、柏木，我已經二十四歲了。

那一年的晚春，我不得不再度搬家。好像又有人報警，我只好逃走了。這次的麻煩有點複雜。我向鄉下的大哥編了個謊言，請他一次寄來兩個月的生活費，就用這筆錢離開了柏木。日常用品分別寄放到不同朋友的家裡，兩人僅帶著隨身物品，搬到了日本橋八丁堀一家木材店二樓的八張榻席大的房間。我化名為落合一雄，於北海道出生的男人。這回相當驚險，手上的錢不敢亂花，只能鄉愿地安慰自己船到橋頭自然直，對明天沒有任何打算，也什麼都不能做。我偶爾去學校，在講堂前的草坪默默地躺上好幾個小時。某天，我從一位經濟學系的同學，亦是高等學校的校友口中，聽到了一件讓我很不舒服的事，感到自己被耍弄了。我不願相信這件事是真的，反倒怨恨起告訴我的那名同學。我心想只要問一問H就能真相大白，急忙趕回了八丁堀木材店的二樓，進到屋裡卻問不出口。那是一個初夏的午後，西照的烈日把房間曬得熱烘烘的。我要H去幫我買一瓶Oraga啤酒。當時的Oraga啤酒一瓶二十五錢。喝完了一瓶，我說還要再一瓶，惹來H一陣臭罵。挨罵的我也動了氣，盡力裝出不在意的口吻告訴H今天從同學那裡聽來的事。H生氣地皺了皺眉頭，只用鄉下方言啐了一句：「說什麼蠢話！」便又安靜地繼續縫補衣服，絲毫沒有別有隱情的感覺。我相信了H。

那一晚，我讀了不該讀的東西——盧梭的《懺悔錄》。盧梭也是因為自己妻子的過往，戳入他的痛處而難以忍受。我無法再相信H了。當天夜裡，我逼她說出了真相。從同學那裡聽來的話全是真的，甚至更為嚴重。我唯恐繼續刨根究底，不知道還會聽到什麼事情，於是問到一半就作罷了。

事實上在那方面，我自己也沒有資格責備別人。鎌倉那起事件不就是如此嗎？然而，我那天晚上還是憤恨不已。直到這時我才發覺，自己一直以來都將H當寶貝一般捧在手掌心。我以她為傲，我為她而活，我認定自己救了一個純潔無瑕的女人，勇敢而單純地相信H說的每一句話。我還向朋友們誇耀自己對她的全盤信任。我深信以H的稟性，在來到我身邊之前，必定守身如玉。真不知道該笑自己是個呆子還是什麼了。只能說自己涉世未深，根本不知道女人的厲害。我一點也不恨H的欺瞞，甚至覺得坦白說出的H好可愛，想撫摩她的背。我只是覺得遺憾。我厭惡這一切。我想拿棍棒擊碎自己的生活。總而言之，我再也無法忍受了。於是，我出面自首了。

檢察官的偵訊結束了。我沒死，再次走在東京街頭。能夠回去的地方，只有H在的那個房間了。我焦急地趕回H的身邊。淒涼的重逢。兩人都露出了自卑的微笑，虛弱地握著彼此的手。我們離開八丁堀，搬到芝區白金三光町，租下一間大空房旁邊的小屋。故鄉的兄長們仍然默默地給這個不成材的弟弟送來生活費。H依然充滿活力，彷彿什麼事都不曾發生。我終於一點一滴從愚蠢中清醒過來，寫下一百張稿紙的〈回憶〉作為遺書。這篇〈回憶〉現在已成為我的處女作。我非常渴望如實地寫出自己從小到大的一切罪愆。那是二十四歲秋天的事。我坐在主房旁的小屋裡，望著荒蕪而雜草叢生的大庭院，完全失去了笑容。我又打算自殺了。要說那叫無病呻吟，確實是無病呻吟。自以為是。我把人生看成一齣戲，不對，是將戲劇看成了人生。現在的我，已是個廢人了。就連唯一留在身旁的H，也被別人玷汙了。活下去的理由，連一個也沒有。我決定以一個自取毀滅的愚蠢百姓身分死去。我要忠實地扮演時代潮流分配給我的角色，那個總是落於人後、悲哀又卑屈的角色。

然而，人生並不是一齣戲，沒有人知道第二幕的劇情是什麼。有時也會出現某個男人以「自我毀滅」的角色站上舞台，卻一直演到最後都沒退場。我原本計畫留下一份小小的遺書當作告白，讓世人知道曾有一個如此汙穢的孩子度過了這樣的幼年及少年時期，沒想到那份遺書反而激起強烈的意志，在我的虛無中點亮了一盞燈火，讓我無法一心求死。光是一篇〈回憶〉還不夠。既然寫到這裡了，不如全部寫完，把過去到現在的生活統統訴諸文字。我要寫出那件事，還要寫出這件事，想寫的東西源源不絕地湧了出來。我先試著寫下鎌倉那起事件……不行，似乎少了些什麼。我再寫了一篇，還是不滿意，嘆了氣，又著手另一篇文章。沒有句點，只有一整長串的小逗點。那個不停伸手召喚我過去的惡魔，一口一口地啃噬了我。我宛如螳臂當車，不自量力。

昭和八年。我已經二十五歲了。我在這年的三月非得從大學畢業不可。但是別說畢業了，我連考試都沒有出席。故鄉的兄長們並不知道我沒去應考，他們可能以為我做了那麼多蠢事，至少會從學校畢業當作贖罪。他們似乎暗自期盼著我這傢伙還有最後那麼一點良心，我卻徹底背叛了他們，壓根沒打算畢業。我身陷瘋狂的地獄，不斷欺騙信賴自己的人。接下來的兩年，我一直住在那地獄之中。我一再向大哥泣訴明年一定會畢業，哀求再給一年的時間，卻又一再背叛了他。那一年如此，隔一年亦復如此。我在滿腦子尋死的念頭中，瘋狂地反省與自嘲與恐懼卻都無法死去，全心投入號稱是遺書的系列作品——假如真能寫得出來。或許那些作品不過是幼稚而做作的感傷罷了，但我為那份感傷拚上了一切。我將寫好的作品放在大紙袋裡，總共收存了三、四大袋，作品的數量愈來愈多。我拿毛筆在紙袋寫下「晚年」

二字，預備以它作為那些遺書的標題，意思是以此作為人生的終點。芝區的這棟空屋已經找到買主，我們不得不在那年的早春搬了家。由於我遲遲沒從學校畢業，故鄉送來的錢少了許多，非得更加節省才行。我們搬到杉並區天沼三丁目某位朋友家的一個房間。這位朋友在報社工作，是個泱泱國民。我們在他家一起住了兩年，受到了許多照顧，也更讓我沒有動力非從學校畢業不可了。我像個傻子，一心一意只想完成那部作品集。因為擔心遭受責備，我瞞騙那位朋友，也瞞騙H說自己明年就能畢業，因此每星期會有一次穿上制服出門，在學校圖書館隨便借書來翻閱瀏覽，有時打起瞌睡，有時寫些作品的草稿，直到傍晚才離開圖書館回到天沼。H和那位朋友對我深信不疑。我強自鎮定，私底下卻很焦慮，一分一秒都緊張不已，急著在故鄉還沒停送生活費之前趕緊寫完，可是實在辦不到。我寫了又撕，撕了又寫。我連骨髓都被那個惡魔啃噬殆盡，不成人形了。

一年過去了。我終究沒有畢業。兄長們勃然大怒，我還是老樣子哭著騙他們說明年一定畢業。除此之外，實在找不到其他藉口請他們寄錢了。我對誰都難以啟齒事情的真相，也不想製造共犯，浪蕩子讓我一個人來當就好。我相信如此一來，就不會讓身邊的人為難，受到連累。我實在說不出口自己還需要一年的時間來寫遺書這麼荒唐的話。我痛恨被人看成是個自命清高、充滿詩情畫意的夢想家。若是我向兄長們坦承說出這麼不切實際的事，他們就算想寄錢給我也辦不到吧。萬一他們得知了實情還繼續寄錢給我，應該會被後世之人視為我的共犯。我不願讓他們成為共犯，所以只好變成一個奸詐狡猾的弟弟來欺騙哥哥。說起來像是盜賊之輩的歪理，但我是認真這樣想。我還是一樣每星期穿一次制服去學校。H和在報社的朋友同樣令人感動地深信我明年一定會畢業。我再也沒有去路，一天一天都是黑暗的日子。我不是壞人！騙人猶如身陷地獄。不久，我們搬到天沼一丁目。因為三丁目通勤不便，朋友在那年春天搬到了一丁目的市場裡，就在荻窪車站附近。他邀我們一起搬過去，住進二樓的房間。我沒有一天晚上睡得著，天天喝廉價酒，喉嚨充滿痰液。儘管猜測自己生病了，但根本無暇顧及，只想盡快整理好紙袋裡的作品集。這雖是自以為是的任性想法，我很希望用它來向大家道歉，這是我唯一做得到的。那一年的晚秋，我終於寫完了。我從二十幾篇中僅挑出十四篇，其他作品和無法完成的原稿一起燒掉了，數量足足能夠裝滿一只行李箱。我拿到院子燒掉，一張不剩。

「你為什麼要燒掉呢？」那天晚上，H突然問了我。

「因為不要了。」我微笑著回答她。

「為什麼要燒掉呢？」她又問了一次，並且哭了。

我開始收拾身邊的東西，歸還向他人借來的書籍，把書信和筆記本賣給了收破爛的，在寫有「晚年」的那只紙袋裡偷偷放進兩封信。看來已經一切就緒。我每天晚上都出去喝廉價酒，唯恐見到H。那時某位學友問我要不要出版同人雜誌。我半開玩笑地告訴他，如果取名為《青花》雜誌，我就願意加入。豈料玩笑話竟然成真，各方文友齊聚一堂，我和其中兩人很快結為好友。我在那裡燃燒了所謂最後的青春熱情。那是死亡前夕的狂舞。我們一起爛醉如泥，毆打那些低能的學生，把那些汙穢的女人視若親人般愛戀。H沒有發覺自己櫃子裡的衣物已經一件也不剩了。純文藝冊子《青花》在那一年的十二月出版了，但僅僅出刊一冊，伙伴就都散了。他們無法接受這種沒有目標的異樣狂熱。最後只剩三個人，大家笑我們是三個蠢蛋，然而我們三人成為一輩子的摯友，我更從另外兩人的身上學到了很多。

翌年三月，又是畢業的季節。我參加了某家報社的入社考試，想讓住在一起的那位朋友還有H看到我與高采烈準備畢業的模樣。我說要當上新聞記者，平平凡凡地度過一生，聽得他們哈哈大笑。明知謊言早晚會被揭穿，我打從心底害怕他們頓覺錯愕，試圖讓這樣平靜的日子能多一天就算一天，拚了命地圓了一個又一個謊言。我總是陷入這樣的窘境，然後被逼上尋死的絕路，但結局總是謊言被拆穿，讓大家錯愕萬分、更加暴怒。儘管如此，我還是無法親口說出掃興的真相，讓自己分分秒秒深陷虛偽的地獄。當然，我根本沒打算進入報社，更不可能通過考試。狀似完美的瞞騙陣地，如今已面臨敵軍攻破防線。我心想，是時候去死了。三月中旬，我獨自去了鎌倉。那是昭和十年。我企圖在鎌倉山自縊。

那是繼鬧出鎌倉跳海的風波五年之後的事。我會游泳，不容易死在海裡，改為選擇聽說肯定死得成的上吊方式。可惜，又失敗了。我恢復呼吸，醒了過來。我頂著紅腫得十分厲害並且潰爛的脖子，茫然地回到了天沼的家中。

我企圖決定自己的命運，然而失敗了。我踩著蹣跚的腳步回到家裡，不曾看過的奇妙景象呈現在面前。H在玄關輕撫著我的背，其他人紛紛安慰我回來就好、回來就好。我不知道該怎麼面對這人生中的溫柔時刻。大哥也從鄉下趕了過來。雖然挨了大哥一頓臭罵，我仍然非常想念與仰慕這位大哥。我嘗到有生以來不曾體驗過的種種情感。

作夢也沒有想過的命運緊接著展開了。幾天後，我劇烈腹痛，忍了一整晚沒睡，不停用熱水袋敷著肚子，漸漸神智不清，找了醫生來看診。很快地，我裹在棉被裡被送上救護車，載往阿佐谷的外科醫院，立刻動手術。結果是盲腸炎。由於延誤就醫，加上熱水袋熱敷導致病情惡化，腹膜流膿，增加了手術的困難度。手術隔天，從喉嚨吐出了許多血塊，胸部的舊疾突然復發，我已是氣若游絲。雖然連醫生都明白說我沒救了，罪孽深重的我竟然慢慢痊癒了。一個月後，腹部的傷口癒合了，不過我這個傳染病患仍被轉送到世田谷區經堂的內科醫院。H衣不解帶地守在身邊照料，還笑著告訴我醫生吩咐連接吻都不可以喔。那家醫院的院長是大哥的朋友，對我特別關照，給了兩間寬敞的病房，於是我把日常用品全都搬過來住了。我從五月、六月住到七月，當病房開始掛起白色的蚊帳預防斑蚊叮咬的時節，便在院長的指示下，到千葉縣船橋町郊外的海岸邊租下一戶剛蓋好的新屋住了進去。但是，我辜負了院長讓我換到鄉間療養的美意。那是地獄般大動亂的起始。我在阿佐谷的外科醫院時，染上了對麻醉藥物成癮的可怕惡習。起初醫生是為了減少傷口的疼痛，在早晚更換紗布時使用，不久之後，我不靠那種藥物就會失眠，一旦失眠就痛苦不堪，於是每天晚上都拜託醫生給藥。那裡的醫生總是和藹地答應了我的要求，並不在意那種藥會對我的身體造成什麼樣的後果。轉到內科醫院之後，我照樣執拗地央求院長，而院長通常每三次只有一次勉強答應。我求醫生給藥，不再是為了減輕肉體上的疼痛，而是為了消除自己的慚愧與焦躁。我沒有辦法忍受那股空虛的寂寞。遷住到船橋之後，我找上町裡的診所告知自己的失眠與成癮症狀，向醫生強行索討了那種藥物。一陣子之後，更進一步強迫那名懦弱的診所醫生開立證明，讓我得以直接向街上的藥局購買藥物。等到發覺事態不妙時，我已經成了一個悲慘的成癮患者，首先面臨的是缺錢的問題。那時候，大哥每個月給我九十圓的生活費，額外的臨時支出大哥一概拒給。這是理所當然的。我從不曾努力報答大哥對我的疼愛，一次次任性地玩弄自己的生命。那一年秋天以後，偶爾出現在東京街頭的我，已是個看來有些骯髒、有些狂亂的瘋人了。我永遠忘不了，也非常清楚自己在那段時期種種可悲的醜態。我成了日本最醜陋的青年，來到東京只為了向人借個十圓或二十圓，甚至曾在雜誌社編輯的面前落淚，還因為纏著要錢而換來了編輯的咒罵。在當時，我的稿子多多少少還能變現，住在阿佐谷的醫院和經堂的醫院那段日子，多虧幾位朋友的奔走，我那只紙袋裡的「遺書」得以有兩、三篇被發表在知名雜誌上，得到的迴響有辱罵，也有支持，然而這些言詞反而讓我無法承受，在難堪與不安之下，藥物成癮的症狀愈發嚴重。我實在太痛苦了，以至於竟敢厚著臉皮來到雜誌社要求會見編輯或社長，懇求通融預支稿費。自身的苦惱已令我無力招架，當然無暇顧及別人同樣為了生存而奮鬥的事實。那只紙袋裡的作品已經全部賣光，一篇不剩，再沒有其他文章能拿去賣了，也不可能立刻寫出新作。我已文思枯竭，連一個字都寫不出來了。當時的文壇批評我「有才無德」，但我深信自己是「無才但有德之幼苗」。在我身上找不到所謂的文才，是個只曉得悶著頭橫衝直撞，其餘什麼都不懂的土包子。就像某些人堅守一宿一飯之恩的老派道德，到最後根本無法承受，自暴自棄地做出不知廉恥的行為。我來自一個極端保守的家庭，向人借錢已是十惡不赦，為了逃離欠債的罪惡，反而欠了更多債。我之所以藥物成癮，也是為了讓自己忘記欠債的慚愧，結果用藥量愈來愈大，付給藥房的錢不斷增加。我曾在大白天裡抽抽噎噎走在銀座街頭，心裡只有一個念頭：我要錢！陸陸續續地，我從將近二十個人那裡幾近強搶豪奪地借了錢。我還不能死，要把這些欠款全額償還之後才去死。

人們不再理會我。搬到船橋一年後的昭和十一年秋天，我被送上一輛汽車，載到了東京板橋區的某醫院。過了一晚醒來，發現自己在腦科醫院的一間病房裡。

我在那裡住了一個月左右，某個秋高氣爽的午後，終於被允許出院了。我跟前來迎接的H兩人一起坐上了汽車。

雖是暌違一個月的相逢，兩人都緘默無語。車子開了一段路之後，H終於開口說話了：

「你已經把藥戒了吧？」她的語氣中透著惱怒。

「我對未來什麼都不相信。」我說出了住院期間唯一記得的一句話。

「是嗎？」講求實際的H似乎把我的話解讀為金錢方面的意涵，用力點頭同意，「不可以太相信別人喔！」

「我連妳也不相信呢！」

H露出了尷尬的表情。

船橋的住處在我住院期間無法繼續承租，H搬到了杉並區天沼三丁目的公寓一室，我也跟著到那裡落腳。有兩家雜誌社向我邀稿，出院的當晚立刻動筆寫稿。寫完兩部小說後，我拿著稿費去了熱海，整整一個月毫無節制地喝得爛醉，完全不管接下來該怎麼辦。每個月向大哥領生活費的日子已經過了三年，住院前欠下的大量債務連一分錢都還沒償還。原本計畫在熱海完成一部精采的小說，用那筆稿費償還當時心裡最掛意的欠款，結果我由於無法忍受身邊沒人陪伴的淒涼，別說是寫小說了，從早到晚只曉得喝酒。深深覺得自己是個沒用的男人。去到熱海，債務反而有增無減。我做什麼都不行，徹徹底底的失敗。

我回到天沼的公寓，把已經放棄一切希望而略帶髒汙的這副肉體扔向了床鋪。我已經二十九歲了，什麼都沒有，只剩一件寬袖棉袍，H也只有身上穿的那襲衣物。我想，這就是人生之路的盡頭了。就這樣仰賴大哥每個月送來的錢，像蟲子一樣默默地活著。

然而，那居然還算不上是人生之路的盡頭。我作夢也沒有想到，就在那一年的初春，竟然有位西洋畫家來找我商量事情。他是我非常要好的朋友。聽了他的話，我險些窒息了。原來H已經犯下了悲哀的錯誤。我忽然想起了H到那家不祥的醫院接我出院後，我在車裡隨口說出一句十分抽象的話語時，H的神情非常害怕。我原本心裡一直想著，雖然讓H吃了很多苦，但是有生之年都要和H一起活下去。我向來不善表達情感，所以H和那個西洋畫家都沒有看出我內心的想法。西洋畫家找我商量，我卻什麼忙也幫不上。我不想傷害任何人。三個人當中以我年紀最大，至少我得冷靜下來做出完美的指令，但是想歸想，我還是因為過度震驚而不知所措、狼狽不堪、慌了手腳，反倒讓H和西洋畫家瞧不起。我什麼決定也做不了。不久，西洋畫家逐漸逃避責任。我雖然痛苦，還是很同情H。H好像已經打算輕生了。到了走投無路的時刻，我也打算去死。那就兩個人一起死吧。神明應該會寬恕我們的。我們彷彿一對親密的兄妹似地出門旅行，目的地是水上溫泉。那天晚上，兩人上山自殺。我不能讓H死去。我盡了所有努力不讓她死去。H活了下來，我也同樣徹底失敗了。因為我們用的方法是仰藥。

我們終究分手了。我再也沒有勇氣挽留H，就算被人說是被甩了也無妨。儘管我戴上所謂人道主義的面具假裝堅強，隨著日子一天天過去，卻彷彿清晰地目睹了醜惡的地獄。H獨自回到鄉下的娘家，西洋畫家斷了音訊，我一個人留在公寓裡開始過起自己煮飯的生活。我學會了喝燒酒，牙齒一顆顆掉落，變得面目可憎。我搬到公寓附近的廉價租屋。最下等的租屋。那裡才是我的歸屬。依偎門畔抬眼望月影，奔跑荒野佇立蒼松下，這就是向這個世界道別的最後一眼——我時常在四張半榻席大小的屋子裡獨飲，醉了就走出房外倚在門柱上，低聲哼唱著胡謅亂編的歌曲。除了兩、三個生死患難的摯友，誰也不理我，我也慢慢明白了世人對我的看法。我是個無知又驕傲的無賴，也是白痴，還是低等而狡猾的色狼，更是偽裝天才的騙子，頂著這多重的面貌奢侈過日，一缺錢就揚言自殺來嚇唬鄉下的親友。我將賢淑的妻子視為貓狗，百般凌虐之後還把她趕了出去。非但如此，我還被世人用嘲笑、厭惡的種種傳說完全埋葬，受到如廢人般的待遇。我察覺到世人的目光，連一步都不願踏出屋外。在沒有酒的夜裡，嚼著烤鹽米餅看著偵探小說，是我小小的樂趣。沒有任何一家雜誌社、沒有任何一家報社向我邀稿，而我也什麼都不想寫、什麼也寫不出來。早前生病時欠下的錢雖然沒有債主來催討，我卻連晚上作夢都覺得痛苦。我已經三十歲了。

到底是什麼樣的轉捩點，讓我變成了這樣？我必須活下去才行。難道這樣的力量，來自於老家的不幸？大哥一當選議員，立刻因為違反選舉法而遭到了起訴。我向來敬畏大哥嚴以律己的性格，他一定遭到身邊的小人陷害。姊姊死了。甥兒死了。堂弟死了。我與家鄉斷絕音信已久，事後才輾轉得知了這些壞消息。在聽到家鄉接二連三的不幸之後，我慢慢撐起躺臥的虛弱身軀，坐了起來。多年來，龐大的家業使我感到可恥，富家少爺的稱號形同弱點，令我自暴自棄。我從小就害怕這種不該享有的富裕生活。我自卑，我厭世，深信富家小孩命中注定遲早會下地獄。逃跑是卑鄙的。我努力像個罪孽深重的孩子，堂堂正正地死去。直到某天晚上我赫然發現，自己根本不是富家少爺，而是連一件像樣衣服都沒有的賤民。今年過後，老家大概不會再給生活費，我的戶籍也被遷出來了。更何況我出生成長的老家，目前正在不幸的谷底。我那令人尊敬、與生俱來的特權，已經消失殆盡，甚至變成負數。除此之外，我還察覺到另一項事實，亦是非說不可的重要轉捩點之一。那就是當我連尋死的氣魄都喪失了，只能虛弱地躺在租屋裡時，身體竟然神奇地逐漸強健起來。另外，我還可以列舉諸如年齡、戰爭、史觀的動搖、對怠惰的厭惡、對文學的謙虛、神是存在的等等因素，但要用這些來解釋一個人的轉捩點，似乎並不充足。即使心中期盼那種解釋能夠接近正確答案，也必定會嗅出謊言的氣味。或許是因為人們在選擇道路時，總是瞻前顧後的。許多時候，人們在不知不覺中，誤走到一片相反方向的原野上。

直到三十歲那年的初夏，我才真正立志投入筆耕生涯。比起別人，我很晚才抱定這個志向。我在空無一物的四張半榻席大小的租屋裡拚命寫作。如果房東提供的晚飯還剩了些在飯桶裡，我就會悄悄地捏成飯糰，以備深夜工作肚子餓時拿來充飢。這回寫的不是遺書，而是為了活下去才執筆。有位前輩給了勉勵。即使所有的世人都憎恨我、嘲笑我，唯獨這位作家前輩始終在背後支持著我。我一定要回報這份珍貴的信任。不久，名為〈姥捨〉的作品完成了。我原原本本地寫下與H到水上溫泉尋死的經過。這部作品立刻售出了。那位編輯長久以來一直等待著我的作品。我善加利用那份稿費，到當鋪買了一套外出服穿上，踏上了旅程，抵達甲州的山裡，準備在那邊整理思緒，創作長篇小說。我在甲州住了整整一年，雖然沒能完成長篇小說，但發表了超過十部短篇小說。來自各方的支持聲音陸續傳進了耳裡，我由衷感受到文壇給予的溫情暖意，不禁覺得，能夠一輩子活在文壇的人是幸福的。翌年，昭和十四年的正月，承蒙那位前輩的作媒，我和一般人一樣，與一位小姐相親，然後結婚了。不對，這過程和一般人並不一樣，因為我沒花一分錢就完成了婚禮。婚後，我們在甲府市的郊區租下一戶只有兩個小房間的屋子住，每個月的租金是六圓五十錢。我接連出版了兩冊文集，有了些微的積蓄。一直掛在心上的債務開始慢慢償還，但並不容易。那年初秋，我們搬到了東京市郊的三鷹町。這地方已經稱不上是東京市。我在東京市生活的時光，從荻窪的租屋開始，一直延續到拎著一只提箱出發前往甲州的那一刻，就已經中斷了。

我現在是一介靠稿費掙錢的。即使外出旅行，不管住在什麼樣的旅社都能繼續搖筆桿。這份職業雖有辛苦之處，但我鮮少提起。就算比從前的日子還要苦，我也會在臉上堆出微笑。我那些狐群狗黨說我變得庸俗了。武藏野的夕陽，每天都好大，滾燙燙地落下山。我在可以望見夕陽的三張榻席大小的房裡盤腿而坐，吃著簡素的飯菜，告訴妻子，「我這樣的男人既沒辦法出人頭地，也賺不到大錢。但是，我會努力守護我們這個家！」說完那段話，我忽然想起了東京八景。過往的日子像走馬燈一般在心口久久縈繞不去。

這裡雖是東京市郊，不過附近的井之頭公園亦是東京的著名景點，把武藏野的夕陽列為東京八景之一應該無妨。我開始翻閱自己心裡的那本相簿，找尋另外七景。但是我真正要找尋的絕景，並不是東京的風景，而是在那片風景中的我。是絕景勝過我？還是我勝過絕景？結論，絕景就是我。

戶塚的梅雨。本鄉的黃昏。神田的祭典。柏木的初雪。八丁堀的煙火。芝的圓月。天沼的秋蟬。銀座的閃電。板橋腦科醫院的大波斯菊。荻窪的朝霧。武藏野的夕陽。回憶中隱約可見一朵朵的花兒爭相閃晃搖曳，不但難以取捨，也覺得刻意湊出八景是一種低俗的行止。日子就在猶豫中過去，今年春天和夏天，我又發現了另外二景。

今年四月四日，我拜訪了住在小石川的大前輩S先生。五年前我生病時，S先生很是憂心，到最後非常嚴厲地責備並且將我逐出門下。今年正月我去向他拜年，致上歉意與感謝關懷，後來就沒再去問安，直到那天邀請他擔任摯友新書發表會的發起人，才又登門拜會。S先生在家，接受了請託，我也向他請益了關於繪畫以及芥川龍之介的文學。他還以一貫嚴肅的口吻告訴我：「我曾反省過是否對你太嚴厲了，不過現在看來，確實起了良好的效果，我很欣慰。」我們一起搭乘汽車前往上野的美術館參觀西洋畫展。多數畫作都不值一提。我在一張畫前停下了腳步。不久，S先生來到我身邊，湊上前去打量那張畫作。

「真粗淺。」S先生隨口說道。

「還不夠格。」我也直接批評。

那是曾和H在一起的那位西洋畫家的作品。

我們離開美術館，相偕前往茅場町參加電影《美麗的衝突》[6]的試映會，接著到銀座喝茶，就這樣待在一起玩了一整天。傍晚，S先生說要從新橋車站搭巴士回去，我也陪他走到了新橋車站。途中，我告訴S先生關於東京八景的寫作計畫。

「武藏野的夕陽，真的好大喔！」S先生站在新橋車站前的橋上，指向銀座那

6　一九三八年上映的法國電影，原名《*Conflit*》。

邊的橋，低聲說道，「宛如一幅畫哪……」

「是啊。」我也停了下來抬眼望去，彷彿喃喃自語般複誦了他的話，「宛如一幅畫哪……」

比起正在欣賞的風景，我更想將遠眺景色的S先生與自己這個被逐出門下的頑劣弟子，兩人此時的身影，編入東京八景之一。

再過了兩個月，我又喜獲更加開心的一景。某天，妻子的妹妹寄來一封限時信，信中叮嚀：「T明天就要出發了，聽說可以在芝公園見他一面。明天早上九點請到芝公園，麻煩請姊夫代為向T傳達我的心意。我是個傻瓜，連一句話都沒向T表白。」內妹已經二十二歲，但是身形小巧，看起來還像個孩子。去年，她與T君相親之後訂婚。兩人才訂完婚，T君隨即應召加入東京的某支連隊。我也曾與身穿軍服的T君見過一面，交談了三十分鐘左右，是個朝氣洋溢的高尚青年。看來，他明天就要出發，前往戰地了。收到這封限時信還不到兩個小時，妹妹又寄來了一封限時信，這一回寫的是：「我仔細想了想，覺得剛才請姊夫幫忙的事太輕佻了，請什麼都別告訴T，只要來送行就好。」我和妻子看了都忍不住笑了起來，從信裡就能看出她一個人忙得不可開交的模樣。內妹從兩、三天前就到T君的父母家幫忙了。

隔天，我們起個大早去了芝公園，許許多多送行的人都來到了增上寺。我向一個身穿卡其色制服、匆匆鑽過人群的老者探問，他說T君的部隊會在寺院的大門前稍作停留，休息五分鐘後立刻出發。我們走出寺院，站在大門前等待T君的部隊。不久，內妹也握著小旗子陪同T君的父母前來。這是我第一次見到T君的父母，由於雙方還沒有正式結為姻親，不善交際的我並未恭敬地寒暄，只用眼神稍微示意問候，便看著內妹問道：

「怎麼樣，心情穩定下來了嗎？」

「我很好呀！」內妹開朗地朝我笑著回答。

「怎麼可以這樣呢？」妻子皺起了眉頭。「不可以這樣笑嘻嘻的！」

來為T君送行的人非常多，在寺院的大門前豎立著六支寫上T君名字的大旗幟。T君家工廠的男女工人也都放下工作，前來送行。我沒有和他們站在一起，獨自一人遠遠地站在大門的角落，心裡羨慕又嫉妒。T君那邊是有錢人家，我既缺牙，衣服也不像樣，不僅沒穿上和服裙褲，連帽子都沒戴，只是個貧窮的文人。T君的父母一定會把我看成未過門媳婦卑微的親屬。即使妹妹過來找我說話，我也趕她離開，「妳是今天的主角，請陪在公公的身邊。」T君的部隊遲遲沒來。十點過了，十一點過了，到了十二點還是沒出現。幾輛女子學校的校外教學團搭乘的遊覽巴士從我眼前駛了過去。巴士門上貼有寫著校名的紙張，也出現了故鄉那所女子學校的名稱。大哥的長女應該就在那一所學校就讀，或許就坐在車上。我暗自忖想，或許侄女不經意地瞥了一眼那個愣傻地站在東京名勝增上寺大門前的男人，渾然不知那就是自己的笨叔叔呢。約莫二十輛巴士接連通過大門前的時候，每一輛巴士的女車掌總會指著我開始講解起來。起初我裝作若無其事，後來我也開始模仿巴爾札克雕像，好整以暇地雙手抱胸，擺起姿勢來了。這麼一擺，我覺得自己彷彿也變成東京名勝之一。接近下午一點，有人大聲嚷叫「來了！來了！」滿載士兵的卡車旋即抵達了大門前。T君因為擁有駕駛達特桑[7]的技術，所以坐在那輛卡車的駕駛座上。我站在人群的後方茫然地望著他。

「姊夫……」不知道什麼時候來到我身邊的內妹輕輕喚了我一聲，用力從背後將我往前推。等我回過神來，從駕駛座下來的T君很快就發現站在人群最後方的我，舉起手向我敬了禮。我有那麼一瞬間懷疑他在向誰行禮，看了看四周，確定了他是在向我敬禮，終於下定決心撥開人群，與內妹一起走到了T君面前。

「這裡的事不用擔心。內妹雖然不聰明，但應該懂得遵守女人最重要的婦德。儘管放心，我們都會照顧她的。」我難得臉上沒有一絲笑意，神情嚴肅地說道。看了看內妹的表情，微微仰起的面龐同樣透著些許緊張。T君有點臉紅，沒有說話，再次舉手敬了禮。

「妳沒有什麼話要講的嗎？」我轉而笑著問了內妹，內妹低下頭只說了一句：

「不用了。」

部隊很快就下令出發了。我再度悄悄地隱入人群之中跟著走，還是被內妹推著來到了駕駛座下方，旁邊只站著T君的父母。

「請放心出發吧！」我大聲說道。T君的嚴父突然回頭看著我，眼神中閃過一

7　日本日產汽車公司的前身，其後保留達特桑（DATSUN）作為車款名稱。

抹不悅，彷彿在抱怨打哪裡來了這麼一個多嘴的傢伙。然而那個時候，我毫無懼色，因為心裡很清楚，一個人的自尊乃是建立在種種痛苦萬分的磨難之上。我的體位雖然被判定為丙種，而且家徒四壁，但是此刻並不需要看任何人的臉色。於是，我這個「東京名勝」用更大的聲音吶喊：

「這裡的事不用擔心喔！」

T君和內妹的婚事萬一遇到了阻礙，我這人反正向來無法無天，根本不在意世俗眼光，必定要成為他們最堅強的支柱。

在得到增上寺大門這一景之後，我感到這部作品的構想已如一把拽滿之弓，蓄勢待發了。幾天後，我帶著東京市的大地圖、鋼筆、墨水和稿紙，前往伊豆旅行。抵達伊豆的溫泉旅社之後，作品有什麼進展嗎？從踏上旅程到現在，十天已經過去了，我依然住在那家溫泉旅社裡。我到底在做什麼呢？

《文學界》昭和十六年

歸去來

我這輩子添了許多人的麻煩，往後大概也不例外。我就這樣在眾人的關愛之下，過著吊兒郎當的日子，今後或許照舊保持這副吊兒郎當的樣子活下去。一想到恐怕自己直到死前都無法報答眾人的大恩大德，不禁有些難受。

我確實受到很多人的照顧。真的受到了非常多照顧。

這次我打算只寫北先生和中畑先生兩個人，至於其他的大恩人，留待我的文筆有所進步之際再依序撰述。現在我還寫不好，一些繁瑣的細節可能辭不達意。相較之下，以目前的筆力，我有把握能夠忠實地轉述北先生和中畑先生的事蹟。因為一切都是清清楚楚的，沒有模糊之處。實際上，描寫生活嚴謹且真實存在的人，根本不需要多費心機，並且那些筆下的人物，也沒有任何機會挑剔糾正我精細而準確的敘述。

我的文字絕對不容絲毫虛假。

中畑先生和北先生同樣約莫五十歲上下，也許中畑先生來得年輕一、兩歲。先父非常疼愛中畑先生。距離我老家大約十二公里遠有一座名為五所川原[1]的城鎮，中畑先生就在那裡的一家經營多年的綢布莊當掌櫃。老家常託他來幫忙雜務。先父總是喚他「草木」。聽說是因為中畑先生忠厚敦實，都快三十歲了還沒有娶妻，所以先父才給他起了這個綽號。最後是由先父作媒，讓他娶了我家遠親的一個好姑娘。中畑先生成家之後不久就離開了那家老鋪，自己另營商號，綢布莊的生意蒸蒸日上，現在的他已是五所川原町一位德高望重的仕紳了。這十年以來，我給這位中畑先生全家添了數不清的麻煩事。還記得我十歲的時候，有一回自己去五所川原的姨母家玩。走在路上的時候，突然有人大聲喊我一聲「阿修！」把我嚇了一大跳。原來是中畑太太恰巧在那附近的綢布莊裡瞧見我，於是出聲叫喚。由於這一聲實在來得突然，我著著實實吃了一驚。當時的我，並不曉得中畑先生其實是在綢布莊工作。只見中畑先生坐在昏暗的店裡，朝我拍了拍手，又招手要我進去，我卻因為方才被大聲喊了名字而覺得難為情，一溜煙地逃跑了。我的本名是修治。

像這樣在沒有心理準備的情況下被中畑先生叫喚的經驗，還有一次是在我上中學時，應該是在就讀青森中學二年級的時候。那天早上我上學途中，與大約一排士

1 位於日本青森縣中西部的城鎮。

兵擦身而過，冷不防被大喊一聲「阿修！」嚇得我差點破了膽。原來扛著槍的中畑先生就在那支隊伍裡。他的軍帽斜斜地戴在後腦勺上，可能正在接受預備兵的演習召集訓練。我從沒想過中畑先生會以士兵的身分出現在面前，頓時不知所措。中畑先生和往常一樣笑咪咪的，眼看著就要脫隊朝我走來，我更是驚慌不已，整張臉漲紅到了耳朵，二話不說就溜了，一邊逃還聽見背後傳來其他士兵的笑聲。

這兩段喚醒的回憶，我會永遠珍藏在腦海裡。

昭和五年，我到東京讀大學，此後中畑先生更成了我生命中不可或缺的人。那個時候，中畑先生已是綢布莊的老闆，每個月會到東京批貨一趟，並且總會悄悄地來探望我。當時我和某個女人賃房同居，與故鄉的親友斷絕往來，我的老母親便私下託請中畑先生暗中照顧。承蒙中畑先生的深情厚誼，我和同居女友都曾任性地央他幫忙了許多事。我手頭上有一段文字，最能直截了當說明當時的情況。這是寫在我的作品〈虛構之春〉結尾處的信文，當然是一封虛構的信。雖然裡面描述的狀況幾乎都不是事實，但是大致氛圍與實際情況相去不遠。那篇文章的形式是以某個人（絕不是中畑先生）寫給我的信所組構而成，裡面的事自然全是我編造出來的，實際上中畑先生從來不曾寫過這種怪異的信給我。在引述以下段落之前，必須再三強調，所有的文字全都是我自己捏造出來的「小說」。各位看過這段信文以後，就能了解我當時有多麼囂張，並且給大家造成了多少困擾。

日前（二十三日）按照令堂大人吩囑，寄去新年所需的年糕與鹹魚一包，以及黃瓜一罈，您來信提到黃瓜尚未收到，請轉告尊夫人，勞駕前往貴地火車站詢問。以下容我叨述數句。過完年，我就四十四歲了，自十六歲那年秋天至今的二十八年間，承蒙津島家不嫌棄，願與這不識字的一介窮商往來。明知忠言逆耳，不惜汗顏伏地，亦請恕在下無禮進言。近日聽聞您借錢舊癖復萌，還向素未謀面的名流人士開口借錢，卑如狗犬，苦苦哀求，即便遭拒亦不以為恥，振振有辭辯駁借錢何錯之有，只要他日依約奉還，既不增添對方困擾，亦可解己燃眉之急，何錯之有？前些時候您甚至為此動怒，將火盆擲向尊夫人，從而砸破兩扇玻璃窗。此段轉述僅只聽至半數，已令我暗自垂淚，久久難止。在您這位文學家眼中，貴族院議員、二等勳章之顯赫家世形同迂腐，不值得引以自豪，但懇請別讓於令尊大人駕鶴仙去後獨留隻身一人的令堂大人憂傷，容許我替您袒護顏面。您說過，「家裡完全視我如十惡不赦之徒，不僅斷絕關係、移除戶籍、逐出家鄉，如今甚至進而惡意貶低，彷彿不如此做就無法對親朋好友交代」，由此可以感受到您的恨意。您剛被家人除名不久，此時想必以為令兄與令姊定將羅列罪狀，望請切勿有此誤會。不久前，嫁至山木田家的令姊菊子女士，亦曾由衷不捨您的遭遇。若以戲劇人物譬喻，我猶如接下了飾演政岡[2]的重要角色。若是厭惡之人，縱使是東家主子，我也不願這般掏心掏肺。不單是我，令姊菊子女士亦為了您，明知自身將受到婆家責難，仍然想方設法資助您。因此自今日起，務請千萬勿再起心動念向他人借錢，萬不得已之際，請與我聯繫。勸請盡量忍耐，此事若被令兄獲知，後果不堪想像，本次由我暫時墊款之事，望請切勿外傳。請恕再次強調，我不會對厭惡之人這般叨念。還請善加保重玉體。

昭和十一年夏初，我第一本作品集出版，一群朋友為我在上野的精養軒舉辦了慶祝會。中畑先生恰巧在慶祝會的三天前來到東京，並且撥空來探看我。我央求中畑先生置辦當日出席的衣裝，要求他備妥最上等的麻料和服、繡有家徽的外褂與夏季裙褲、窄幅腰帶、長襯衣與白布襪，這令中畑先生十分為難，畢竟三天時間實在不夠。中畑先生解釋，裙褲和腰帶倒是可以馬上找到，但是和服與襯衣必須現在去找布料量身縫製才行，我打斷他的話，一股勁直嚷著一定做得出來、一定做得出來，瞧瞧人家三越那種大綢布莊，一天工夫就能縫製完成，只要找來十幾二十個裁縫師合力趕工，馬上就可以做出來了，在東京，沒有辦不到的事……我這個對裁縫一無所知的傢伙，不知打哪兒來的自信講得滔滔不絕。中畑先生沒辦法，只好說他試試看。第三天，亦即慶祝會的早晨，某家綢布莊送來我要求的所有品項，並且全部都是上等貨。我想，今後再也沒有機會穿上那麼高級的和服了。我穿上新衣服，出席了慶祝會。可惜的是，那件華麗的外褂穿起來簡直像藝人，只好忍痛留在家裡沒穿出門。慶祝會結束後的隔天，我就把那些衣物全部送進了當鋪，到最後流當，

2 日本歌舞伎《伽羅先代萩》劇中一位盡忠的乳母政岡，為了保護幼主鶴喜代倖免於難，不惜犧牲了自己的兒子千松。

終究沒能贖回來。

雖然我極力邀請中畑先生和北先生務必參加慶祝會，但是他們兩人都沒出席，可能是因為客氣，或是生意繁忙，無暇與會。我很想把這些好前輩與朋友們介紹給中畑先生和北先生認識，好讓他們兩位放心，這也許是我沾沾自喜。說不定中畑先生和北先生來參加慶祝會看了我的前輩和朋友以後，別說放心了，恐怕對我的未來愈發憂心忡忡。

一直以來，北先生也為我十分操心。北先生在東京品川區經營一家西服店。他的西服店和一般的西服店大異其趣，設在一棟普通的屋宅裡，既沒有招牌，也沒有展示窗，就這樣帶著兩個資深的徒弟，在屋裡的一個房間天天踩著縫紉機。北先生只為特定的主顧製作西服，也就是那些知曉富貴不能淫、性格桀驁不遜的知名人士。我的父親以及兄長，只穿北先生縫製的西服。自從我到東京讀大學，北先生就負責嚴格督導我，而我總是一再矇騙北先生，做盡壞事，終於被押進北先生府上二樓就近監控，被迫當了一陣子吃閒飯的食客。故鄉的兄長對我糜爛的生活大為震怒，經常停止寄送生活費作為懲罰，每一回都由北先生出面斡旋，商請兄長再繼續資助我一年生活費。同居的女人與我分手的時候，也添了北先生不少麻煩。北先生的恩惠，實在訴說不盡，如果要由衷逐一道來，至少得耗費二十部長篇小說的篇幅才能寫得完。而我依然一副吊兒郎當，凡事依賴北先生解決，連身邊的瑣事都不願自行處理。

三十歲的元月，我和妻子舉行了婚禮，那時候也是由中畑先生和北先生幫忙張羅一切的。當時的我可以說是身無分文，連區區二十圓的聘金，也是向某位前輩借來的，更不用說婚禮的費用，就算把我榨乾了也付不出來。那時我在甲府市租了一間小房子，原本的計畫是婚禮當天就穿著平時的衣服前往東京那位前輩府上，在前輩家與新娘會合，由前輩為我們斟交杯酒，儀式結束後，新婚夫妻一同返回甲府。我還邀請了北先生和中畑先生在那一天代替我的父母出席見證。當天早上，我從甲府出發，中午左右抵達了前輩府上。我真的穿著一身平時的服裝，沒有理髮，也沒穿上應在正式場合穿著的裙褲，不但兩手空空，連錢包裡也差不多是光光的。前輩正在書房裡默默工作。（那位前輩其實是○○先生，但是○○先生非常討厭自己的名字出現在小說與散文裡，因此這裡刻意使用「前輩」這個有失尊敬的普通名詞。）前輩看來似乎不記得今天是我結婚的日子，他一面收拾稿紙，一面談述院子裡的樹木。半晌過後，他才忽然想起似地告訴我，「你的和服送來了，是中畑先生送來的。看起來應該是很高級的和服喔。」

一襲是綴著家徽的黑色紡綢和服與裙褲，另一襲則是條紋絲綢和服。這完全出乎我的意料，頓時張口結舌。原以為今天只是從這位前輩手裡接下交杯酒，然後就帶著妻子回家了。不久，中畑先生和北先生笑著聯袂而來。中畑先生穿的是國民服，而北先生則是晨禮服。

「快開始吧、快開始吧！」中畑先生急著催促眾人各就定位。

那天的餐宴是正式的傳統套餐，菜色中甚至有鯛魚[3]。我換上了飾有家徽的和服，還拍了照片留念。

「修治先生，來一下。」

中畑先生帶著我到隔壁房間，北先生已在房裡等著我了。

他們兩位要我坐下，接著也在我面前鄭重落坐，一同欠身致意，並且向我祝賀

「恭喜成婚！」

接著，中畑先生一臉正色地說道：

「今日這頓餐食是北先生和我為修治先生準備的一點心意，請放心收下這份小禮。粗茶淡飯，請別見怪。我們同樣從令先尊那一代承蒙關照至今，至少藉此機會略報答恩惠。」

我永遠不會忘記他們的這份大禮。

「全靠中畑先生一個人奔波張羅。」北先生總是將功勞歸給中畑先生。「這些和服及裙褲，都是中畑先生到你親戚家逐戶登門拜託蒐集而來，然後拆卸開來重新縫製的。你得好好珍惜。」

我預定當天深夜帶著妻子到新宿搭乘火車回家，老實說，那時我身上只有兩圓左右。人窮的時候，錢這玩意沒有就是沒有。我原先的盤算是，萬一逼不得已，就將那二十圓的聘金索討一半回來。十圓足夠買兩張東京到甲府的車票。

走出前輩家的時候，我壓低聲量問了北先生，「不知道能不能把聘金要一半回

3　鯛魚的日文發音近似可喜可賀之意，因此常作為喜慶場合的佳餚。

來？我指望著這筆錢搭車。」

北先生著實大發雷霆。

「聽聽你說的是什麼話！這就是你最要不得的短處，居然動起這種歪腦筋來！這就是你最要不得的短處，根本一點也沒有改進！怎麼可以說出這種話呢！」說著，北先生從自己的錢包裡抽出幾張紙鈔，悄悄塞給了我。

不過，當我在新宿車站準備買車票時，妻子的姊夫與姊姊已先買妥我們的車票（二等車廂的車票），因此我不必再花錢了。

我在月台上想把錢還給北先生，但他只擺擺手說道：

「哎，餞別禮、餞別禮！」

這作風太瀟灑了。

婚後的生活於我並沒有太大的改變。一年後，我們離開甲府，搬到位於東京市外的三鷹町，租下一間屋子，屋內隔成三個房間，分別是六張、四張半、三張榻席大小。我安安分分待在這個家寫小說。兩年後，女兒出生了[4]。北先生和中畑先生聽到消息後都笑得合不攏嘴，還親自送來上好的嬰兒服作為祝賀。

如今北先生和中畑先生對我放心多了，不再像從前那樣頻頻來訪，耳提面命。但是我覺得日子仍和過去一樣苦悶，每一天都是煎熬，再加上與北先生和中畑先生闊別已久，更是寂寞，很希望他們能夠再來家裡坐一坐。去年夏天的一個雨天，穿著長筒雨鞋的北先生驚喜現身了。

我立刻請他到三鷹一家相熟的炸豬排店用餐。那裡的一個女員工來到我們的桌位，在北先生的面前稱我老師，這讓我感到萬分尷尬。北先生裝作沒看到我不知所措的模樣，笑嘻嘻地問那個女員工：「太宰老師對妳們親切嗎？」女員工自然無從知曉眼前的這位是我多年的監護人，隨口回答一句：「嗯，非常親切喔。」聽得一旁的我心裡七上八下的。那一天，北先生是來找我商量一件事的。其實比較準確的說法並非商量，而是命令。他要我和他一起回到故鄉老家。我的故鄉位在本州北端津輕平原的中央，已經十年不曾返家探親了。十年前，我曾鬧出一場風波，此後再也無顏回到故鄉了。

4 太宰治的長女園子於一九四一年六月誕生。

「大哥已經原諒我了嗎？」我們在炸豬排店裡喝著啤酒聊天。「應該還沒有原諒我吧。」

「基於令兄的立場，自然還無法原諒你，就當是我自作主張帶你回去的。哎，沒什麼好擔心的。」

「這可不妙啊。」我心情格外沉重。「要是不知羞恥地回到老家，結果在門前就被轟走，引起騷動，豈不等於自捅馬蜂窩？我想，還是不要回去惹是生非比較好。」

「沒的事！」北先生自信滿滿地說道，「只要由我帶你回去，不會有問題。恕我說句冒犯的，你想想看，令堂已經七十高齡，聽說最近突然變得十分衰老，難講什麼時候會發生什麼事。要是到時候你還和現在一樣跟家裡鬧得那麼僵，那就難辦了。」

「您說得也是。」我頓時陷入低落心情。

「對吧？所以說，趁這個機會，我帶你回去和家裡的人敘敘舊。只要去過一趟，之後就算發生任何狀況，你都無須顧忌，可以立刻趕回老家。」

「事情真能那麼順利嗎？」我非常憂心。儘管北先生拍胸脯保證，我對這個歸鄉計畫依舊徹底抱持悲觀的看法，並有預感恐怕會引發相當嚴重的後果。畢竟這十年來，我在東京惹出多起醜聞，大哥根本不可能原諒我。

「別擔心，包在我身上！」北先生信心十足。「你就當自己是柳生十兵衛，而我演的是大久保彥左衛門，令兄則是柳生但馬守。這事我敢打包票，絕對沒問題。即便令兄是但馬守，也難以招架彥左衛門掄起武器的一記攻擊！」5

「可是……最好還是別掄起武器攻擊吧。我還沒資格當柳生十兵衛，萬一大久保彥左衛門貿然殺出去，後果恐怕不堪設想……」我這個軟弱的柳生十兵衛難掩焦慮不安。

5 柳生十兵衛（柳生三嚴，江戶時代劍術家，柳生宗矩之子）；大久保彥左衛門（大久保忠教，江戶時代武將）；柳生但馬守（柳生宗矩，江戶時代劍術家，德川將軍家的劍術與兵法指導者），這三人皆為實際存在的歷史人物。但此處指的是小說家五味康祐，以史實人物撰寫的長篇歷史小說《柳生英雄傳》裡的情節。柳生一族由於武藝高強，深受幕府將軍德川家的信賴，坊間相傳有三卷密文，裡面藏有柳生家族企圖推翻幕府政權的證據，引發各路人馬積極追尋密文的下落，掌門人柳生宗矩因而必須率領家族對抗敵對勢力。

生性嚴肅又脾氣暴躁的大哥是我最畏懼的人，哪裡是拿柳生但馬守當比喻說說俏皮話，就能讓我安心返鄉的呢？

「責任由我負。」北先生語氣肯定地說道，「無論結果如何，由我負起一切責任。請放心交給我彥左衛門去辦，你只管搭上大船啟航吧！」

事已至此，根本由不得我反對了。

北先生也是個急性子，立刻決定於隔天晚上七點搭乘上野站出發的快車前往[6]。我把一切全交由北先生決定。當天晚上，我送走北先生後，自己到三鷹的咖啡館喝得爛醉[7]。

翌日午後五點，我們在上野站會合，到地下樓層的餐廳吃了飯。北先生一身白色的麻料西服，我則穿銘仙綢的夏季和服，不過行囊裡還多帶了一套捻線綢的和服與裙褲備用。

「事情有了一點變化。」我們喝著啤酒時，北先生告訴我。他頓了一下，才又接著說道，「其實，令兄來到東京了。」

「他來東京了？那麼，這趟旅行根本白跑一趟。」我很失望。

「不，我認為這次的目的不是和令兄見面，只要能見到令堂，也就沒有遺憾了。」

「可是，趁家兄不在時踏進家門，似乎不怎麼正大光明。」

「沒那回事。我昨晚與令兄見面，已經向他提過了。」

「您告訴他要帶修治回去嗎？」

「不，我沒告訴他。萬一講了，想必令兄一定會說：『北君，此事欠妥。』他是一家之主，即使心裡盼著你回去，卻也不便親口說出來。所以我昨晚見到他的時候什麼都沒提，提了肯定壞事。我只說自己要去東北辦些事，準備搭明天七點的快車出發，或許會順道前往位於津輕的貴府拜會。告訴他這些就夠了。令兄不在家，對我們來說再好不過。」

「北先生告訴家兄要去青森玩，想必他很高興吧？」

「是啊，令兄說要打電話回家吩咐家裡的人帶我到處走走逛逛，被我婉拒了。」

6 太宰治於一九四一年八月回到闊別十年的故鄉探親。

7 當時日本有一種咖啡館的營業性質比較接近風化業，主要提供酒類飲品。

北先生為人嚴謹，從以前到現在，連一次都不曾到過我老家作客。他非常厭惡讓人做東道，或者麻煩別人幫忙。

「不曉得家兄什麼時候回去，該不會今天和我們搭同一班車吧……」

「沒的事。這可不能開玩笑。他這回還帶了町長先生一起來，說是來辦理有點棘手的公事。」

大哥經常來東京，但從不曾找我見面。

「就算回到老家，一想到無法見到家兄，實在提不起勁。」我很想見到大哥，並且深深鞠躬，感謝他的照顧。

「怕什麼，往後想和令兄見面多的是機會。現在該把握時間見面的是令堂，畢竟她已高齡七十，還是六十九？」

「這趟應該也可以見到祖母吧？我記得她老人家快要九十歲了。還有，我也很想念住在五所川原的姨母……」細想之下，我想念的人太多太多了。

「當然，一定可以見到大家的！」北先生說得斬釘截鐵，給了我無比的勇氣。

我愈來愈期待這趟歸鄉之旅了。好想念英治二哥，也很想探望幾個姊姊。上次見到他們，已是十年前的事了。另外，我也很想看一看那個家，那個我出生成長的家。

我們搭上了七點出發的火車。在搭火車前，北先生給住在五所川原的中畑先生拍了一通電報：

「七點出發／北」

中畑先生只要看到這幾個字，大概就能明白是怎麼回事了。北先生說這就是他們之間的默契。

「這趟帶你回去的事，如果事前向中畑先生明講，恐怕會讓他為難。中畑先生會來五所川原的車站接我，但他並不知情，什麼都不曉得，直到看到你也來了才嚇一跳。我必須用這樣的方式，否則事後他無法向令兄交代。屆時令兄或許會責備他：『中畑君既然明知修治要來，為何沒有事先阻止他呢？』但若中畑先生是在不知情的狀況下前來五所川原的車站接我，這才發現真相而大為吃驚，不過既然人都大老遠從東京來了，不妨回去探望一下老母親——如此一來，中畑先生就不必負什麼責任，一切後果都由我來承擔。我既是大久保彥左衛門，就算惹柳生但馬守生氣也不在乎！」北先生對這複雜的狀況解釋了很久。

「可是，中畑先生其實知情吧？」

「我說，整個計畫妙就妙在這裡。七點出發。光是這幾個字就夠了。」這位大久保彥左衛門的深謀遠慮，實在不是一介凡人能夠領略的。總之，我把一切託付給北先生了，不可以對他的計畫擅加批評。

我們搭的是二等車廂，車上滿滿的乘客。我和北先生好不容易才找到了分隔在走道兩邊的座位坐了下來。北先生戴上老花眼鏡，氣定神閒地看起了報紙。我拿起喬治．西默農[8]的偵探小說讀了起來。我搭長途火車時，通常看的是偵探小說。在火車上實在沒那個興致讀哲學書。

北先生把報紙遞了過來。我接過來一看，原來是對我當時發表的長篇小說〈新哈姆雷特〉的書評，分成三段，在版面上占了頗大的篇幅。那篇文章是某位前輩充滿善意的感想，實在過譽了。我和北先生默默地相視一笑，笑中帶有同樣的欣喜。我有預感，這將是一趟美好的旅行。

抵達青森站的時刻已經是隔天早晨八點了。雖是八月中旬，但氣溫仍相當低。

外面下著如霧一般的毛毛雨。我們換搭奧羽幹線的火車，接著買了盒餐。

「多少錢？」

「〇〇錢！」

「什麼？」

「〇〇錢！」

我只聽得懂最後一個字是「錢」，卻聽不懂他前面講的是幾十錢。我反覆問了三次，總算聽懂他說的是六十錢，頓時茫然不知所措。

「北先生，您聽得懂剛才那個賣盒餐的人在說什麼嗎？」

北先生表情嚴肅地搖搖頭。

「對吧？聽不懂吧？連我也聽不懂。我不是假裝自己是道地的江戶人，故意這樣問您的。我可是生在津輕、長在津輕的鄉下人，剛到東京時滿口的津輕腔，還被大家嘲笑了好一陣子。可是離開故鄉十年後，突然聽到純正的津輕話，竟然聽不懂

8 喬治・西默農（Georges Simenon，一九〇三—一九八九），比利時裔法語推理作家。

了。連一個字都聽不懂。人類真是入境隨俗的動物。過了十年，連家鄉話都忘了。」這一刻，我彷彿發現了自己已經完全背叛故鄉的明確證據，不禁緊張起來了。

我開始豎起耳朵聆聽車上乘客的交談。聽不懂。口音格外濃重。我專心細聽，漸漸聽懂了。一旦聽懂了一小部分，接下來理解的速度就快得如同乾冰蒸發的過程，根本來不及變成液態就直接從固體化為一片濛濛煙氣。何況，我本來就是津輕人。我們在川部站換搭五能線的火車是十點左右，當抵達五所川原站的時候，您猜怎麼著，已經沒有我聽不懂的津輕話了，全部聽得清清楚楚的。不過，我還沒把握自己能講道地的津輕話。

中畑先生並沒有來五所川原站接我們。

「他應該會來才對啊……」這位英勇的大久保彥左衛門，這時臉上也不由得出現了失落。

我們出了票閘門，仔細看了這個小車站一圈，還是沒有中畑先生的身影。繼續走到車站前面的廣場，看到的只有地面上的石塊和馬糞，以及兩台破舊的公共馬車而已。冷清的廣場上，唯獨我和這位大久保彥左衛門拎著行李，孤伶伶地站在這裡。

「來啦！來啦！」這位大久保彥左衛門突然放聲大喊。

一位高壯的男人笑著從鎮上走了過來。是中畑先生。中畑先生看到我，一點也沒有露出驚訝的神情，只說了聲歡迎。不愧是豁達之人。

「責任由我負。」北先生的語氣甚至有幾分得意。「接下來就萬事拜託了。」

「了解、了解！」身穿和服的中畑先生，一派西鄉隆盛的架勢。

中畑先生帶我們到了他家。姨母接到通知，踩著蹣跚的腳步趕來了。十年光陰，把姨母變成了一個矮小的老婆婆。她與我相視而坐，凝視著我的臉，淚流不止。從我小的時候，這位姨母一直是我堅強的後盾。

我在中畑先生家換上了捻線綢的和服與裙褲。我出生的家位在一處叫做金木町的地方，距離五所川原町十二公里遠。從五所川原站搭乘汽油火車[9]從津輕平原的中央穿行而過一路北上，大約三十分鐘之後就能到達那裡。中午時分，中畑先生、

9　二戰前有的火車使用汽油作為燃料，一九五〇年代之後逐漸改裝為柴油引擎。

北先生與我三人搭上汽油火車前往金木町。

映入眼簾的盡是稻田，淡淡的綠意。我有些意外津輕平原竟是如此樣貌。去年秋天我造訪新潟，順道去了佐渡，日本海沿岸樹木是非常淺的綠色，土壤則是乾涸偏白，連陽光都很微弱，讓人覺得有氣無力，就和眼前所見的這片原野一模一樣。想到自己在這片土地上生長嬉戲，卻從未察覺到周遭景物的淡淺乏味竟是這般悲哀，心情不禁有些複雜。火車駛抵青森的時候還下著小雨，旋即放晴，此時甚至有微微的日光灑落。不過，仍有幾分寒意。

「這一帶的田地都屬於令兄的吧？」北先生語帶調侃地笑著問我。

中畑先生從旁補充，「正是！」接著同樣笑著說道，「放眼所見，統統都是！」

我覺得這話似乎有點誇大了。「可惜今年歉收。」

遠遠地，可以望見老家的紅色大屋頂就在前方，於一片淡綠的稻海之中若隱若現。我不禁有些難為情，喃喃說道：

「比想像中來得小啊。」

「哪兒的話，」北先生用安慰我的口吻說道，「根本是大城堡！」

汽油火車緩緩前行，終於到了金木町。我定睛一看，英治二哥就站在票閘口，臉上還帶著笑容。

睽違十年，我再次踏上故鄉的土地。貧瘠的土地。感覺像是凍土。每一年冬天，凍結的土壤總是深達地底數尺，到了這個時節，土壤便會膨脹泛白，從房屋、樹木到土壤彷彿都被洗褪了色似的。路面既白又乾，走在上面完全感覺不到彈性，讓人覺得很不牢靠。

「上墳……」不知道是哪一位輕聲說了這句話。僅僅兩個字，大家都明白意思了。我們四人默不作聲，往前走進了寺院，並且為先父掃了墓。墳墓旁的那棵大栗樹依舊如昔。

踏進老家的玄關時，我一顆心怦怦直跳，難以壓抑。家裡靜悄悄的，像是寺院收受施捨物品的庶務處。每一個房間都乾淨光潔，出乎我的意料。原以為這棟屋子已經相當老舊了，但此時的感覺卻是格外雅致，不會讓人嫌棄。

二哥領著我們來到了佛龕前。中畑先生將佛龕的門片全部敞開，我坐在佛龕前伏身祭拜。接著，我向大嫂請安。一個氣質出眾的女孩送上茶水，我以為是大哥的長女，笑著向她欠身致意，後來才知道其實是女傭。

背後傳來了摩擦地面的腳步聲。我非常緊張。是母親！母親在離我很遠的位置坐了下來。我沒有開口，只向母親伏地行禮。等我抬起頭來一看，母親正在拭淚。母親已經變成一個小小的老婆婆了。

這時，背後再次傳來了摩擦地面的腳步聲。倏然間，我寒毛直豎，有股奇特的感覺（該說是不勝惶恐），提心吊膽地等候那位來者的出現。

「阿修，你回來了！」來者是祖母。她已高齡八十五，聲如洪鐘，比母親更為老當益壯。「我一直很想念你。雖然從沒跟其他人提起，但我一直想再見你一面！」

祖母個性十分開朗，直到現在，每晚仍然必定喝杯酒。

午餐送了上來。

「喝吧。」英治二哥為我斟了啤酒。

「嗯。」我喝下了。

英治二哥從學校畢業以後就留在金木町幫忙大哥打理家業，幾年前才另立門戶。在所有兄弟中，以英治二哥的體格最為壯碩，個性也最為豪爽，可是闊別十年重逢，卻變成身形瘦長、性情溫和的人了。待在東京這十年來，我過的是與許多人鬥爭較勁的骯髒齷齪的生活，相比之下，二哥像是截然不同的高尚人種，面容給人的感覺也比較圓融。我恍然大悟，原來在骨肉至親當中，唯獨我一個變成了窮酸寒磣的卑賤醜男，不由得暗自苦笑。

「廁所呢？」我問道

英治二哥露出了納悶的神情。

「哎！」北先生笑了，「哪有人回到自己家還問這種事的？」

我起身，出了房間。我當然曉得客用廁所就在走廊底，只是覺得不應該在大哥出遠門時，擅自在家裡大搖大擺到處逛，所以才問了英治二哥一聲，但英治二哥或許會覺得我是個惺惺作態的傢伙。我將手洗乾淨之後，仍然站在原處眺望窗外的庭院好一會兒。一草一木都依然如昔。我很想把這個家的裡裡外外一寸不漏地看個仔細，還有好多好多地方很想再多看一眼，可是那樣的要求太厚顏無恥了，只能透過這扇小窗，貪婪地將庭院的景致印入腦海裡。

「池塘的睡蓮今年足足開了三十二朵呢！」祖母宏亮的聲音連廁所這邊也聽得清清楚楚。「我可沒騙人，真的開了三十二朵喔！」睡蓮的話題祖母從剛才講到了現在。

我們在下午四點左右離開了位於金木町的老家，搭乘轎車前往五所川原町。我已事先和北先生商量好，不要在家裡待太久，以免惹出不愉快。所幸我們能夠順順利利，也就是在一片和樂的氣氛中，搭上了轎車，車上有北先生、中畑先生、我，以及母親。承蒙大嫂與英治二哥的好意，母親和我們一起去了五所川原的姨母家。我在姨母家住了一晚。從東京出發的時候，北先生和我原本已經計畫好一起在我姨母家住一晚，隔天兩人到淺虫溫泉、十和田湖等地方遊覽觀光，不料今天早上，北先生的家人從東京拍了電報到我金木町的老家通知一樁噩耗，因此他今晚一定要搭上從青森站出發的快車趕回東京。電報上寫的是隔壁鄰居太太過世了。北先生嚷著糟糕了，鄰居家境清寒，非得由他出面張羅葬禮不可，一定要馬上趕回去才行。我們都明白這位頑固的大久保彥左衛門一旦打定主意，無論如何都要貫徹到底，因此沒有再三挽留。大家在姨母家一起吃了晚飯，然後送北先生到五所川原站。一想到北先生接下來又得搭長途火車，想必非常疲累，心裡真的很不捨。

那天晚上在姨母家，母親、姨母和我三個自家人暢聊甚歡。我笑著描述妻子把位於三鷹家裡的小院子闢出一片菜園，種上各種蔬菜，母親和姨母聽得非常高興，頻頻點頭，讚嘆聲不絕於耳。這時，我的津輕腔已經比較順口了，但是遇到複雜的狀況，仍然需要使用東京的標準語講述。母親和姨母並不明瞭我做的究竟是什麼營生。我雖然向她們解釋了稿費和版稅，但她們似乎連一半都無法理解，甚至反問我：既然是做出書來賣給人家的生意，那不就是開書店嗎？難道不是嗎？我只好放棄進一步說明，回答說差不多就是那麼回事吧。母親又問，那收入大概多少呢？我豪氣地說，賺得多的時候，可以拿到五百圓甚至上千圓呢！母親平靜地繼續問我，那筆錢要分給幾個人呢？我頓時大失所望。看來，母親依然一心認定我的工作是經營書店。話說回來，無論是稿費或是版稅，都不應該當成是憑一己之力賺得的，而應該視為眾人通力合作的成果，所以或許應該和大家均分，才是正確的做法。

母親和姨母似乎依舊不相信我的實力。我不禁焦急起來，儘管非常難為情，仍舊不顧一切地立刻從懷裡掏出錢包，在她們兩人眼前的桌面擺上兩張十圓紙鈔，說道：

「請收下吧！看是捐香油錢或是用在什麼地方都隨意。我有很多錢。這是我自己賺來的錢，請收下吧！」

母親和姨母互看一眼，同時噗哧而笑。兩人拗不過我，只好收下了。母親把那張紙鈔收進自己的大錢包裡，接著從錢包中取出一封禮金袋給了我。後來，我揭開那封禮金袋一看，裡面的金額幾乎等同於我寫一百張稿紙的費用。

翌日，我和大家道別，前往位於青森的親戚家住了一晚，之後什麼地方也沒去，逃也似地回到了東京。這暌違十年的歸鄉之旅，故鄉的人事景物，我只匆匆瞥了一眼而已。不知道往後是否還有機會讓我慢慢重溫舊景。萬一母親撒手人寰，我雖有藉口得以再次重返故鄉，然而這個理由未免太令人哀傷了。

我從結束那趟旅行的兩個月後，某一天偶然在街上遇到了北先生。北先生氣色慘白，相當衰弱。

「您瘦了好多，怎麼了嗎？」

「是啊，我患了盲腸炎。」

北先生說，他那一晚從青森搭上快車趕回東京，一到東京肚子就開始發疼了。「真糟糕！一定是太累的緣故。」我也曾經罹患盲腸炎，從那次經驗得知過度勞累是導致盲腸炎發病的原因之一。「北先生那趟來回簡直是強行軍。」

北先生臉上泛起微微的苦笑。我心裡難受極了。一切都怪我不好。我的作惡多端，至少害北先生減壽了十年。然而我照舊一副吊兒郎當，忝活於世間。

《八雲》昭和十八年

故鄉

去年夏天，我回到了闊別十年的故鄉。我把那趟旅程的經歷於今年秋天寫成四十一頁的短文，附上〈歸去來〉的標題，交給某本季刊的編輯部了。送出稿子後不久，那篇散文的主角北先生與中畑先生相偕來到了位於三鷹的敝宅，告知家母在故鄉陷入病危的消息。我已經預想到恐怕就在這五、六年之內會接到這樣的噩耗，卻沒有料到這一天來得那麼快。去年夏天，北先生帶我回到了睽違十年的故鄉老家，大哥那天不在，我只見到了英治二哥、大嫂、侄子、侄女，以及祖母與母親。母親已六十九歲，看起來相當衰老，走路顫顫巍巍的，但是當時絕沒生病。我敢斷定母親必然還能再活個五、六年，甚至貪心地祈求能活上十年。我盡力將那趟旅程中的點點滴滴，翔實記入〈歸去來〉這篇小說裡。總之，當時因為狀況使然，我只能在老家短暫停留三、四個小時。我在那篇小說的結尾處寫了大意如下的文字：我好想在故鄉到處走走看看，還有許許多多地方都想去看一看，但是我最後只匆匆瞥了一眼故鄉而已。不知道下一次重溫故鄉的山河是什麼時候了。萬一母親撒手人寰，我也許有藉口得以再次返回家鄉，到處走走看看，然而這個理由未免太令人哀傷了。可是我萬萬沒有想到，這份稿子才剛交出去，「重溫故鄉風景的機會」居然來得這麼快。

「這次的責任同樣由我一肩扛下！」北先生緊張地說，「快把夫人和孩子一起帶去！」

去年夏天的那趟旅程，北先生只帶了我一個人回去。這一次，他不僅要帶我，還要把我的妻子與園子（我那一歲零四個月大的女兒）都一起帶回去。我已在那篇〈歸去來〉的小說中詳細介紹過北先生和中畑先生了。北先生在東京經營西服店，中畑先生在我故鄉開設綢布莊，兩位都與我老家有著多年往來的情誼。縱使我一而再、再而三，不，應該說是做了數不盡的壞事，被家裡斷絕往來，他們兩位仍然大發善心，長久以來照顧我，並且從不嫌棄。去年夏天，北先生和中畑先生也是明知會受到我大哥的責備，仍然合力為我策劃了那趟睽違十年的返鄉之旅。

「可是，這麼做真的沒關係嗎？要是帶著妻子和小孩回去，在門口就被轟了出去，太丟臉了。」我總是往壞處想。

「不必擔心。」兩人異口同聲否定了我的推測。

「去年夏天的那一趟，後來怎麼樣了？」小心翼翼又戰戰兢兢，大概屬於我的個性之一。「兩位事後有沒有受到文治大哥（長兄的名字）的責備呢？北先生，您說呢？」

「這個嘛，站在令兄的立場，」北先生很謹慎地選擇回答的一字一句。「畢竟這次家裡親朋好友都在，他不可能對你說『回來就好』這樣的話。不過，既然由我帶你們回去，應該沒有問題。去年夏天那一趟也是，後來我在東京見到令兄，他只對我說了一句『北君，你還真有心機』，一點也沒生我的氣。」

「這樣啊。那麼中畑先生您這邊呢？有沒有受到家兄的責備呢？」

「沒有。」中畑先生抬起頭說道，「令兄連一個字都沒有對我說。過去每當我幫你做了些什麼，事後令兄一定會調侃我幾句，唯獨去年夏天那件事，令兄什麼也沒有提起。」

「我知道了。」我安心一些了。「倘若不會給二位添麻煩，希望可以帶我們回去。我當然想見母親，況且去年夏天也沒能見到文治大哥，這回非得見上一面不可。二位答應帶我們回去，我自然由衷感激，可是不知道妻子願不願意一起去。畢竟這是她第一次和夫家的親人見面，總得穿上和服好好打扮一番，還得應付一些繁文縟節，或許會有些辛苦。這就得請北先生幫忙說服她了。要是由我說，她肯定會嘀嘀咕咕發牢騷。」說完，我把妻子喚了進來。

結果出乎我意料之外。北先生把我母親病危的情況告訴妻子，並說想讓她見園子一面，妻子一聽完，隨即雙手平伏在榻席上說道：

「萬事拜託了。」

北先生轉過來問我：

「什麼時候動身呢？」

我決定於二十七號出發。兩位來家裡告知的那一天是十月二十號。

接下來的一個星期，妻子為了張羅返鄉之旅而忙得暈頭轉向，連內妹也從娘家趕來幫忙了，有許多東西都不得不添購，我都快破產了。家裡只有什麼都不懂的園子搖搖晃晃地滿屋子兜來轉去。

二十七號晚上七點，我們搭乘由上野站出發的快車，車上滿滿的乘客。我們足足站了五個鐘頭，直到原町才有位置坐下。

「母病重／等太宰速歸／中畑」

北先生給我看了這封電報。這是先行回到故鄉的中畑先生於今天早上拍給北先生的電報。

翌日早晨八點，我們抵達青森，立刻換乘奧羽幹線的火車，在一處名為川部的車站再換搭開往五所川原的火車。從這一帶開始，火車的左右兩旁都是蘋果園。看來，今年的蘋果將是豐收。

「哇，真美！」妻子瞪大了由於睡眠不足而滿布血絲的眼睛。「我一直想看蘋果成熟的景象。」

紅得發亮的蘋果近在眼前，幾乎伸手可及。

十一點左右，我們到了五所川原站。中畑先生的女兒來車站接我們。中畑先生家就在五所川原町這裡。我們先到中畑先生家休息一下，妻子和園子換上漂亮的衣服，接著再按照計畫前往位於金木町的老家。金木町位於五所川原町的北部，需乘坐火車沿著津輕鐵路行駛四十分鐘。

我們在中畑先生家享用午餐，聽他鉅細靡遺轉述母親的現況。聽起來幾乎已陷入病危了。

「謝謝你們來了。」中畑先生反倒向我們致謝。「我左等右等，心裡直嘀咕你們什麼時候才到，這下總算放心了。令堂雖然嘴裡不說，似乎一直等著你們來喔。」

我腦海中倏然閃現了《聖經》一則「浪子回頭」[1]的比喻。

吃完午餐準備出發時，北先生以略顯強硬的口吻對我說道：

「依我看，還是別把行李箱帶過去，你說是吧？畢竟你還沒有得到令兄的原諒，要是提著行李箱回老家，未免太……」

「好的。」

我於是把行李全部寄放在中畑先生家裡。因為北先生警告過我，這趟回去，說不定令兄依然不答應讓我見病重的母親。

1 典出《路加福音》，原文為「The Parable of the Prodigal Son」。大意是兩兄弟中的小兒子向父親要求分得家產，小兒子帶著家產到遠方揮霍一空後決定回家，父親不計前嫌欣喜歡迎小兒子歸來，並勸慰始終留在家中的大兒子無須嫉妒，因為小兒子是失而又得的，但大兒子常與父親同在，因此父親的一切都屬於大兒子。

最後，我們只拎著園子的尿布袋，搭上駛往金木町的火車。中畑先生也陪我們一道去。

隨著時間一分一秒過去，我的心情愈發憂鬱。我身邊的每一位都是好人，連一個壞人也沒有，單單我一個過去做了些不體面的事，到現在依舊缺乏聰明睿智，只是個惡評如潮、貧窮困頓的文人，這才惹出這般尷尬的局面。

「這地方的風景真美。」妻子眺望著窗外的津輕平原說道，「這片土地比我想像中來得讓人心曠神怡。」

「妳覺得是那樣嗎？」稻子已經收割完畢，滿目稻田呈現濃濃的冬意。「我可不這麼認為。」

此時的我，並不覺得故鄉足以自豪，只感到痛苦難當。去年夏天的故鄉並不是這樣的，放眼望去，十年久別的一景一物，在在令我雀躍不已。

「那座是岩木山，由於山形和富士山相像，又叫做津輕富士。」我苦笑著講給妻子聽，平鋪直敘，沒有絲毫熱情。「這邊低矮的山脈叫做梵珠山，那邊的是馬禿山。」這樣的介紹相當潦草馬虎，敷衍了事。

我告訴妻子，這裡就是我出生的地方，再走個四、五百公尺就是某處云云。我有些得意地對她描述「梅川忠兵衛[2]之新口村[3]」那一幕賺人熱淚的戲碼，並說我這個忠兵衛和戲裡的不一樣，動不動就亂發脾氣。說著說著，我隱約瞥見了在稻田後面的紅色屋頂。

「那裡就是……」我本來要告訴妻子那裡就是我家，轉念一想並不妥，立刻改口為「我大哥家」。

但是，那其實是寺院的屋頂。我老家的屋頂應該是右邊那個。

「不對、不對，右邊那個比較大的才對！」我真是太荒唐了。

火車抵達了金木町站。小侄女和一個年輕漂亮的女孩來接我們了。

「那個女孩是誰呀？」妻子低聲問我。

---

2 妓女梅川以及郵遞貨運業者龜屋忠兵衛，為近松門左衛門所寫的淨琉璃劇目《冥途信使》中的男女主角。

3 淨琉璃《冥途信使》三幕劇的第三幕。忠兵衛盜用公款後，帶著情婦梅川回到故鄉新口村，父子倆各有顧忌，無法當面相見，躲在屋內的忠兵衛只能遠遠地朝著在雨中的老父痛泣跪別。

「大概是女傭吧？不必特地向她問好。」去年夏天我曾經鬧過笑話，把另一個和眼前這女孩年紀相仿、氣質優雅的女傭，誤認成大哥的長女，很有禮貌地向她伏身問候，等到弄清楚之後覺得很不好意思，所以這次特別提醒妻子，以免和我鬧出同樣的笑話。

這個小侄女是大哥的次女，去年夏天第一次見到她，今年八歲了。

「小繁！」我喚了一聲，小繁笑得天真燦爛。我稍稍鬆了一口氣。全家上下，唯獨這個孩子不知道我的過去。

我們進了家門。中畑先生和北先生立刻去二樓大哥的房間。我帶著妻子來到佛龕前祭拜，接著進入名為「常居」的自家人小客廳，坐在角落。大嫂和二嫂都對我們笑臉相迎，祖母也在女傭攙扶下到來。祖母高齡八十六，雖然有些耳背，仍然神采奕奕。妻子多次試著讓園子向大家鞠躬行禮，可是園子說什麼都不肯，只管踩著搖搖晃晃的步伐滿屋子亂逛，大家都忙著護住，深怕她跌跤。

大哥出現了。只見他快步穿過這個房間，去了隔壁房間。他氣色很差，骨瘦嶙峋，神情嚴峻。隔壁房間同樣來了一位客人探視病母。那位客人與大哥聊了一下，很快就告辭了。大哥接著來到「常居」，不等我開口，大哥已先雙手平伏在榻席上，微微欠身致意。

「一直以來讓您操心了。」我渾身緊張地同樣平伏回禮，並且告訴妻子，「這位就是文治大哥。」

妻子還來不及問安，大哥已先向妻子欠身了。我一顆心始終懸在半空中。致意完畢，大哥旋即起身上了二樓。

我滿腹狐疑，不禁往壞處猜測該不會事情起了變卦吧？大哥從以前就是這樣，一旦心情不好，向人問候時總是畢恭畢敬行禮，態度特別冷淡。北先生和中畑先生自從上樓之後，到現在還沒下來。難道北先生為我求情的任務失敗了嗎？一想到這裡，我忽然惶恐不安，懼怕得心頭突突直跳。大嫂滿面笑容地出來催我們過去：「快過來！」我放下心中大石，站起身來。能夠見到母親了。大哥前嫌盡棄，同意讓我與母親見面了。哎，我根本窮緊張。

我們沿著走廊前往時，大嫂告訴我們：

「母親從兩、三天前就盼著你們來，真的等了好久。」

母親在一間主房旁的小屋裡養病，小屋約十張榻席大。只見宛如枯草般羸弱的母親躺在一張大床上，所幸意識還很清醒。

「終於來了！」母親說道。妻子向第一次見面的母親請安，母親努力從枕上抬起頭來點了頭。我抱著園子把她的小手擱在母親瘦瘠的掌心，母親手指發顫地握住了。住在五所川原的姨母在枕畔微笑著拭淚。

病房裡擠著許多人。除了姨母之外，還有兩名護士、我大姊、二嫂、親戚老太太等等。我帶著妻女到旁邊的六張榻席大的休息室與大家寒暄。大家都說修治（我的本名）一點也沒變，現在圓潤了些看起來更年輕了。幸好園子絲毫不怕生，見了誰都笑。眾人圍著火盆而坐，開始壓低聲音聊起天來，我的緊張也漸漸放鬆下來了。

「這一趟來，可以多待幾天吧？」

「我也不確定，說不定和去年一樣，停留兩、三個小時就得告辭了。北先生建議我那樣做才妥當。我覺得凡事按照北先生說的去做比較好。」

「可是，母親的狀況那麼差，你真能就這樣看一看就走嗎？」

「總之，得先找北先生商量完才能決定……」

「沒必要事事都聽北先生的吧。」

「還是得尊重北先生的意見才好。畢竟一直以來，北先生對我照顧有加。」

「話是這麼說，不過，北先生總不至於……」

「反正，我必須和北先生商量商量，聽他的意見絕錯不了。北先生好像還在二樓和大哥談話，該不會發生什麼棘手的問題吧？我們一家三口沒有得到大哥的允許，就這樣厚著臉皮闖了進來……」

「用不著多慮吧。聽說英治（二哥的名字）不是寄了限時專送，要你馬上趕回來嗎？」

「二哥是什麼時候寄的信？我們沒收到啊？」

「咦，我們還以為你是收到那封限時專送才回來的呢……」

「那可糟了！一定是我們出發後，信才寄到。糟糕，現在這情況簡直像是北先生多管閒事強出頭。」我總算弄清楚眼下的狀況了，心想自己的運氣實在差。

「這樣很好呀，還是盡早趕回來才好嘛。」

雖然聽到了安慰，我還是很沮喪，更覺得對北先生感到抱歉，害他扔下生意不管，專程陪我們跑這一趟。此外，兄長們特意藉此恰當的時機叫我回家，怎料卻陰錯陽差，此刻想必也很氣惱。

先前來車站接我們的那個年輕女孩進來房間，笑著向我鞠躬問安。我又出紕漏了。這次是因為我疑神疑鬼才出錯的。這女孩根本不是女傭，而是大姊的女兒。當年我還看著她長到七、八歲，那時候是個小黑妞，沒想到竟出落得身形苗條又氣質出眾，簡直判若兩人。

「這是小光呀！」姨母也笑著告訴我，「已經變成一個很漂亮的女孩了，對吧？」

「真的變漂亮了！」我認真地回答，「皮膚變白了。」

大家都笑了，我的心情也隨之放鬆了些。這時，我忽然看到在隔壁房間的母親虛弱地張開嘴喘了幾口粗氣，接著抬起瘦弱的一隻手，彷彿驅趕蒼蠅般在空中揚了一下。我覺得不對勁，起身走到了母親的床邊。其他人同樣滿面憂心，紛紛聚到了母親的枕畔。

「夫人經常身體不舒服。」小聲解釋後，護士將手探進棉被底下，不停摩挲著母親的身體。我在枕畔蹲下來問母親哪裡不舒服？母親只輕輕地搖了頭。

「您得堅持下去！一定要看著園子長大才行啊！」我忍著難為情向母親喊話。

忽然間，親戚老太太牽起我的手握住了母親的。我不僅用一隻手握住，而是用雙手兜攏住母親那冰冷的手為她捂暖。親戚老太太把臉埋在母親的棉被上哭了。姨母和阿崇嫂子（二嫂的名字）也跟著哭了出來。我抿著嘴強忍淚意，努力了一會兒，實在忍不下去，於是悄悄離開母親的身旁，來到走廊。我沿著走廊進了一個西式房間。房裡很冷，空蕩蕩的。白牆上掛著罌粟花的油畫以及裸女的油畫。壁爐台上孤伶伶地擺著一只雕工拙劣的木雕。沙發上鋪著豹皮。椅子、桌子和地毯都和往昔一樣。我在這個西式房間裡繞了又繞，不斷告誡自己此刻淌下的淚水只顯得虛情假意，試圖不讓自己哭出來。一個兒子默默躲進西式房間裡獨自啜泣，儼然一副事母至孝的模樣——假惺惺！根本是故意表演給別人看的！簡直是刻意賺人熱淚的電影！活到了三十四歲，現在才想假裝修治其實是個貼心的好兒子？少演這種爛戲啦！怎麼可能到這個節骨眼才突然變成一個孝順兒子嘛！少來了，事到如今才想當個回頭浪子？現在哭出來就是騙人的！這眼淚是虛假的！我袖著手，在房間裡繞了一圈又一圈，在心裡一再這樣告訴自己，然而，嗚咽聲快要奪喉而出了。我實在受不了了。我忙著抽菸、忙著擤鼻，千方百計堅持住，總算沒讓任何一滴眼淚從眼眶滾落下來。

天黑了。我沒有回到母親的病房，靜靜地躺在西式房間的沙發上。這個在主房旁的小屋裡的西式房間目前好像沒人用了，擰了電燈開關也不亮。我獨自待在這寒冷漆黑的房間裡。北先生和中畑先生都沒有來小屋這邊。他們在忙什麼呢？妻子和園子好像還在母親的病房裡。今晚，我們一家三口接下來該何去何從？根據北先生的建議，起初的計畫是探完病立刻離開金木町，當天晚上到五所川原的姨母家住一晚，可是母親的狀況這麼差，如果還是照原定計畫立刻離開，是不是反倒落人口舌呢？我急著趕緊找到北先生。北先生究竟在哪裡？是不是和大哥談得並不順利，發生口角了？我覺得自己沒有容身之地。

妻子踏進了黑暗中的西式房間。

「欸，這樣會感冒哪！」

「園子呢？」

「睡了。」妻子說讓她睡在病房旁的休息室了。

「不要緊嗎？該不會受涼吧？」

「嗯，姨母拿來毛毯借我給孩子蓋上了。」

「妳還好吧？大家對待我們都很親切吧。」

「是呀。」然而，妻子同樣顯得不安。「我們接下來該怎麼辦呢？」

「我不知道。」

「今天晚上要睡在哪裡？」

「這件事問我也沒用，一切都得聽從北先生的指示。十年來，我已經習慣聽北先生的了，要是沒透過北先生居中協調而直接和大哥商討，會鬧出事情的。一定會引發風波。妳還不懂嗎？我現在在這個家，連開口說話的權利都沒有，即使帶個行李箱來都不可以。」

「聽起來似乎對北先生有點恨意。」

「胡說！北先生的關懷，我點滴在心。不過，有北先生夾在中間，我和大哥的關係確實也變得比較複雜。我們一定要顧及北先生的面子，況且事情從頭到尾都不是任何人的錯……」

「說得也是。」妻子聽完明白多了。「那時覺得北先生好意帶我們來，拒絕的話不好意思，所以才帶上園子一起來，但是如果因為這樣，反而給北先生添了麻煩，我可就過意不去了。」

「妳說的也有道理。幫忙別人真不是件容易的事。況且我又是個問題人物，更是棘手。說來，北先生這回簡直吃力不討好，風塵僕僕地來到這麼遠的地方，要是既沒有得到我們的感激，也沒有得到哥哥他們的感謝，不就等於白忙一場了？至少我們夫妻得設法保住北先生的面子，問題是我們根本自身難保。萬一冒失多嘴，反而會鬧得更僵。我看，還是暫時順其自然，靜觀其變吧。妳去病房幫母親按摩按摩腿還是什麼的吧。現在只要擔心母親的病情就好，其他事別多想了。」

然而，妻子並未立刻離開，依舊低著頭站在黑暗之中。我心想，要是被人看到我們兩個待在暗房裡實在不妥，於是從沙發起身，到了走廊。寒氣逼人。這裡是本州的北端。我站在走廊的玻璃門前仰望天空，連一顆星星也看不到，只有一片漆黑。不知道為什麼，我突然非常想工作。好，做吧！就保持這樣的心境！

大嫂來找我們了。

「哎呀，原來你們在這裡！」她嘹亮的嗓音發出驚呼。「吃飯嘍！美知子也快過來。」大嫂似乎已經不再提防，當我們是自己人了。我非常感動大嫂的信任，心想往後可以儘管向大嫂商量事情了。

大嫂帶我們來到了主房裡放置佛龕的房間。坐在壁龕前的是家住五所川原的先生（姨母的養子）以及北先生和中畑先生，他們對面擺著七張食案，這是大哥、二哥、我和美知子等人的座位。

「我們錯過那封限時專送了。」我一見到二哥立刻脫口告知。二哥點了頭。

北先生無精打采，眉頭深鎖。他向來喜歡在酒席上炒熱氣氛，因此那天晚上的悶悶不樂愈發引我關注。我敢肯定一定發生了什麼狀況。

所幸席上那位住在五所川原的先生有些醉意，格外興奮，助長了酒席的氣氛。我伸長了手為大哥和二哥都斟上酒，決定不再多想兩位兄長是否原諒我了。我這輩子都不可能得到他們的寬恕，並且應該放棄試圖得到寬恕的天真想法。真正的關鍵在於，我是否敬愛兩位兄長。被愛的人有福了。只要我愛兩位兄長就行。拋開奢望，別再打如意算盤了。——我兀自喝了一杯又一杯，持續這種無謂的自問自答。

北先生當天到五所川原的姨母家過夜，可能是顧及金木町這邊家裡忙著照顧病人。總之，他決定住到五所川原那邊。我送北先生去車站。

「謝謝您，一切多虧您大力幫忙！」我向北先生由衷致謝。送走了北先生讓我不知所措，接下來沒有人指點我該怎麼做了。「我們今天晚上真的可以在金木町這邊住下嗎？」我把握最後機會，徵詢北先生的意見。

「應該沒問題吧。」或許是我多心，他的語氣似乎有點客套。「畢竟令堂的狀況並不好。」

「那麼，如果我們希望在金木町這裡多住個兩、三天……會不會太厚臉皮了？」

「這要看令堂的狀況了。總之，明天再通電話商量吧。」

「北先生您的行程呢？」

「我明天就回東京。」

「太辛苦了，您去年夏天也是當天趕回去。我們出發前就準備好這回一定要帶您到青森附近的溫泉鄉遊覽一番。」

「不了，令堂的狀況那麼差，現在怎麼可以去溫泉鄉玩呢。老實說，我沒想到令堂的病情這麼嚴重，真的沒有想到。你幫我代墊的火車票錢，稍後算清楚金額再還給你。」北先生突然提起了搭乘火車的費用，我頓時慌了手腳。

「怎麼可以！連您回去的車票都必須由我幫您買才行！那點小事請不要費心。」

「不行，錢的事還是明算帳才好。你們寄放在中畑先生家的行李，明天就麻煩中畑先生幫忙送到金木町的府上吧。我的任務就到此結束了。」他在漆黑的路上邁開大步前行。「車站往這邊去，對吧？不必再送了，真的請回吧。」

「北先生！」我快走兩、三步追了上去。「是不是我大哥說了您什麼？」

「沒有。」北先生放慢了腳步，語氣中透著感慨萬千。「別再多慮了。今天晚上我很開心。當我看到文治先生、英治先生和你，這麼傑出的三位公子並肩坐在一起，高興得幾乎要掉下淚來。我別無所求，心滿意足了。你應該很清楚，我做這些事，從來不是為了拿到一分一毫的報酬吧？我只是很想看到你們三弟兄坐在一起而已。我很滿足，太開心了！修治，你往後得好好振作，我們這些老人不該再繼續插手了。」

送走北先生之後，我回到家裡。一想到今後無法再仰仗北先生，而必須面對面和兩位兄長商量事情，心中的懼怕大於欣喜。自卑與不安占據了我的心，唯恐自己日後還會醜態百出，又要惹兄長們生氣了。

家裡來了許多探病的客人。我避開那些來客的視線，從廚房的便門溜了進去。走向病房的途中，我朝位於「常居」旁邊的小茶室瞥了一眼，發現二哥獨自坐在裡面。我彷彿被某種可怕的力量拽過去似的，徑直來到他身旁坐了下來，有些膽怯地問了他：

「母親真的沒有其他辦法可以醫治了嗎？」

脫口而出的這句問話太過唐突，連我自己都暗叫一聲糟糕。英治二哥苦笑起來，稍微打量了四下後才回答我：

「唉，這次恐怕真的治不好了。」

就在這時，大哥突然進來了。他顯得有些不知所措，在房裡走來走去，把壁櫥開開關關的，接著到二哥旁邊一屁股坐下，盤起腿來。

「麻煩了，這回實在麻煩了。」他邊說邊低下頭，把眼鏡推到額頭上，抬起一隻手捂住了雙眼。

我忽然發覺，大姊不曉得什麼時候已靜靜地坐在我的背後了。

《新潮》昭和十八年

薄明

由於在東京三鷹的住家被炸彈摧毀了，我只好攜家帶眷搬到了位於甲府的岳家。那裡只住著妻子的一個妹妹而已。

當時是昭和二十年四月上旬。聯合機隊時常在甲府上空飛掠而過，但幾乎從不曾投擲炸彈，街上也不像東京那樣已經淪為戰場。躲避空襲多時的我們，終於得以脫去身上的防護服裝，安安穩穩地睡個覺了。這一年，我三十七歲，妻子三十四歲，長女五歲，兩歲的長子前年八月才剛出生。此前我們一家四口的生活過得並不富裕，所幸大家還算是健健康康活到今天。既然好不容易熬到了現在，我也不免盼望能在世上多待一段日子，見證這個時代的演進。不過，我更害怕的是妻子和兒女先走一步，獨留我一個人在世間苟活。光是想像那個畫面，都令我心如刀絞。總而言之，我絕不能讓妻兒離開人世。為此，我必須做好萬全的準備。問題是，我阮囊羞澀。即使偶爾領到一筆微薄的收入，我總是立刻拿那些錢去買酒喝。我這個嗜杯中物的毛病是個非常糟糕的缺點。那時候的酒相當昂貴，但只要有朋友來找我，我依然和過去一樣，非得和他們一起出門狂飲不可。錢都花光了，哪裡還能為妻兒做什麼萬全的準備。儘管我羨慕許多人早已將家人安頓在偏遠的鄉間躲避戰火，可是自己一沒錢二懶散，以至於仍舊待在東京的三鷹，能拖一天算一天，卻終究沒能逃過炸彈的襲擊，實在不該繼續留在東京了，這才帶著全家人搬往妻子的娘家。算來差不多已有一百天，我們日日夜夜都必須穿著防護服裝以備隨時躲避空襲，此時終於可以脫掉這身衣服安穩入眠，暫時不必在寒冷的夜裡喚醒兩個孩子衝進防空洞裡了。雖然可以預見還有重重困難等在前頭，至少我們能夠稍微喘口氣歇一下了。

然而，我們畢竟失去了「自己的家」，免不了許多不便之處。我自認以往和一般人相同，嘗遍生活上的種種艱辛，但是身邊帶著兩個小孩，雖說投靠的是妻子最親的手足，畢竟是借住在別人家裡，難免不曾遇過的種種特殊狀況。岳父母皆已相繼過世，妻子的幾個姊姊都出嫁了，排行最小的是弟弟，也是娘家現在的戶長。他兩、三年前大學畢業後，立刻加入了海軍的行列。目前住在甲府老宅裡的是排行在這個弟弟上面的姊姊，亦即妻子下面的那個妹妹，只剩下這個年約二十六或二十七的內妹守著這個家了。內妹似乎經常寫信和從軍的內弟商談家裡的事情。我雖身為他們的姊夫，但並不是這裡的一家之主。別說當一家之主了，自從結婚以後，我甚至給岳家添了不少麻煩。既然姊夫是個不可靠的男人，那麼內妹和內弟當然不會想找我商量家裡的事，反正我也從未覬覦過這一家的財產，雙方各做各的安排，再好不過了。話說回來，家裡只有一個是二十六或二十七歲還是二十八歲（我從沒正式問過，記不太清楚）的女人在，我猜，總不至於有人認為這個三十七歲的姊夫和三十四歲的姊姊帶著兩個孩子一起心懷不軌地闖進岳家，矇騙內妹和在遠方從軍的內弟，意圖霸占家產吧。不過，畢竟我年齡較長，不免擔心自己不經心的舉動，會不會踐踏了他們自尊心。老實說，當時的感覺簡直像站在一片長滿青苔的庭院前，為了不踏到青苔，只能小心翼翼地踩著錯落鋪設的石塊，一步一步慢慢前進。我甚至想過，如果留守岳家的是一個年紀比較大、在社會上歷練過的男人，或許我們住在這裡可以輕鬆一些。這種負面的思考折磨著我。我在這裡借用一個面向後院的六張榻席大的房間當作工作室兼寢室，另外還有一個擺著佛龕，同樣是六張榻席大的房間作為妻兒的寢室，並且按照一般的行情支付房租與餐費，為了不使岳家吃虧而特別費了一番苦心。此外，我有訪客時，也不在客廳談話，而是請到我的工作室裡。只是，我還是會喝酒，也常有東京的朋友來作客，雖已盡力不影響岳家原有的生活，結果事後還是覺得很抱歉。而內妹也一樣擔心我們住不慣，還主動幫忙照顧孩子。儘管雙方連一次都不曾發生過衝突，只是我們心裡有「無家可歸」的自卑感，總覺得每一天都過得如履薄冰。到頭來，無論是內妹，或者來到這裡避難的我們，彼此都格外操心費神。雖然如此，聽說我們在逃難者當中，已經算是很舒服的生活了，由此可以想見其他的逃難者過的是什麼樣的日子。

「千萬別躲到鄉下避難！除非房子被燒得片瓦不留，否則最好盡量留在東京。」

這是我當時寫給某位摯友的一段信文，那個時候他和全家人都還留在東京。

我們是在春寒料峭的四月來到了甲府。東京的櫻花早已盛開，這裡的只見零零星星點綴在枝椏間。接下來，五月、六月過去，盆地地形特有的悶熱漸漸發威，石榴葉泛著濃綠的光澤，其豔紅的花朵在烈日照射下綻放，葡萄棚架上的嫩綠小果粒也一天天長大，愈來愈重，等到一串串飽滿的葡萄快要成熟的時候，甲府市突然不再平靜了。街頭巷尾傳言不斷，說是敵軍開始對中小型都市發動攻擊，眼看著甲府就要陷入一片火海了。此地民眾坐立難安，趕緊把身家財產堆上拖車，扶老攜幼逃進深山，即使深夜時分，雜沓的腳步聲與拖車聲依然不絕於耳。我心裡明白，到了這個地步，甲府遲早也將淪為戰場，可是好不容易才能脫掉空襲防護服睡覺，這般安穩的日子才過沒幾天，又要整裝拉車帶著妻兒逃到山裡請求陌生人家收容，實在是太辛苦了。

再看看情況吧。等到飛機開始丟燒夷彈[1]的時候，讓妻子揹著小兒子、牽著大女兒逃往郊區的農地，反正五歲的大女兒已經可以自己走路了，我和內妹則留下來拚命滅火，盡力守住這個家吧。萬一房子被燒毀了又何妨，大家只要齊心協力，在廢墟中努力重新蓋起一間小屋吧。

我如此告訴全家人，大家也朝這個方向預作準備，挖了洞把糧食放進去，連帶著鍋碗瓢盆，還有雨傘、鞋履、化妝品、鏡子、針線等等，把生活所需最低限度的日常用品都埋進土裡。萬一這個家被燒毀了，至少還能靠著這些東西讓日子不會過得太悲慘。

「幫我把這個一起埋進去。」

五歲的女兒把自己的紅木屐拿過來給我。

「喔，好好好，一起放進去。」我接過這雙小木屐，塞進洞穴的角落裡，突然覺得像在埋葬死人似的。

「我們一家人終於有向心力了。」內妹說道。

或許對內妹來說，那是在滅亡前夕感受到的一種奇妙而幽微的幸福。四、五天後，岳家於火海中全毀。悲劇比我的預期提早了一個月到來。

大約從十天前起，兩個孩子眼睛都出了毛病，給醫生看了以後說是流行性結膜炎。么兒的病還算輕微，但是長女的眼疾卻一天比一天嚴重，在那場空襲的兩、三天前就完全失明了，上眼瞼腫脹得連長相都變得不一樣了。以手指用力掀開她的上眼瞼，赫然發現裡面的眼球潰爛不堪，簡直像死魚的眼睛。我們擔心這或許不單單是結膜炎，而是遭到侵犯性極強的黴菌感染，恐怕已經錯過最佳的治療時機了，趕緊帶去給另一位醫生診察，得到的答案依然是結膜炎，並說雖然需要很長一段時間才能痊癒，但是不必絕望。可是，醫生誤診並不是什麼稀奇的事，甚至可以說，誤診乃是家常便飯。我向來不太相信醫生。

真希望女兒能夠早日重見光明。自從孩子生病以後，我再也喝不醉了，也曾經

1 燒夷彈又名凝固汽油彈，主要成分是膠狀汽油。

在外頭喝完回家的途中把酒吐掉，就這樣站在路邊雙手合十禱告，祈求上蒼讓我等一下到家的時候，那孩子的眼睛已經看得見了。我一踏進家門就聽到孩子天真的歌聲，頓時激動地想著：太好了！女兒的眼睛睜開了！衝進屋裡一看，只見女兒孤伶伶地站在昏暗的房間中央，低著頭唱歌。

我實在無法忍受眼前的這一幕，旋即轉身離開了家門。這一切完全是我的錯。都怪我這個窮鬼嗜酒如命，才害孩子眼睛看不到。假如我是個規規矩矩的好國民，或許這樣的不幸就不會降臨到孩子身上了。父親應得的報應卻由孩子代為承受了。這是老天爺給的責罰。萬一這孩子從此終生失明，我甘願把自己的文學和聲譽統統放棄，寸步不離地陪在她的身旁。

「阿弟，你的腳腳在哪裡呀？你的手手在哪裡呀？」

女兒心情好的時候，會像這樣伸手摸索著弟弟，陪他一起玩耍。每當我看到這幅情景，想到萬一就在這樣的狀態下遭到敵軍空襲，不由得渾身戰慄。到時候，唯一的辦法是妻子揹著小兒子，我揹著這個女兒逃命，可是如此一來，家裡只剩下內妹一個人，根本沒辦法守住這個房子，所以內妹屆時也必須隨我們一起逃命才行，這個家也只能任由戰火燒毀了。再進一步以不久前東京遭到聯合機隊攻擊的狀況推斷，甲府市恐怕也將遭到全面性的轟炸，而這孩子就醫的診所，也必定會毀於戰火之中，其他的診所同樣無法倖免於難。總而言之，在甲府找不到醫生看病了。那麼這個眼睛失明的孩子，往後該怎麼活下去呢？萬事休矣。

「別想那麼多了。總之，靜觀其變，留在家裡再等一個月吧。」

我才在晚飯時笑著對家人這樣說完，當天夜裡就響起了空襲警報，同時傳來巨大的轟炸聲，四周亮如白晝。敵機開始投擲燒夷彈了。緊接著聽見一陣乒乒乓乓，是內妹趕忙把碗盤扔進小池子裡的聲響。

這正是我預想中最糟糕的狀況。我揹起失明的女兒，妻子揹起小兒子，並在孩子身上各披著一床棉被衝了出去。避難的途中有兩、三次必須躲進路邊的水溝裡，就這樣跑了一公里左右，總算逃到剛收割完麥子的田地。我們把棉被鋪在農地上坐下來稍事喘息，倏然間，如雨滴般的火點從天上紛紛降落。

「快蓋上棉被！」

我一面叮嚀妻子，一面也連忙把棉被蓋到自己身上趴在田地裡，女兒這時還伏在我背上。我心想，如果被燒夷彈直接射中，一定很痛。

所幸沒遭到燒夷彈命中。我揭開棉被，從地面爬起來，赫然驚見周圍已經陷入一片火海。

「喂，快起來滅火！快啊！」我不單催促妻子，並且大聲通知還趴在附近的那些人，並且拿原本蓋在身上的棉被逐一摁熄了身邊的火焰。火勢很快就被撲滅了。在我背上的孩子雖然眼睛看不到，仍能察覺到事態非同小可，乖巧地不哭也不鬧，只緊緊抓著父親的肩頭。

「沒受傷吧？」

火勢差不多撲滅之後，我走向妻子問道。

「嗯。」妻子低聲回答，「希望戰機不要再投下其他東西了。」

比起燒夷彈，妻子似乎更害怕炸彈。

我們在田地上換個位置休息片刻，再度降下一陣火雨。說來奇怪，不曉得活人是不是擁有某種靈性，包括我們一家在內，逃到這片田地上的所有人都沒被火灼傷。每個人忙著用棉被或泥土悶熄了身邊一坨坨冒出火焰的油膩膩的塊狀物體[2]之後，繼續休息。

內妹擔心我們明天斷糧，旋即出發前往距離甲府市大約六公里遠的位於深山的遠親家張羅食物。我們一家四口將一床棉被鋪在地面，一同蓋著另一床棉被，暫時窩在這個地方。我已經累了。再也不想揹著孩子四處逃竄了。妻子和我把孩子們放到棉被上，兩個都熟睡了，我們這對爹娘茫然地遠眺著火海之中的甲府市。飛機的轟隆隆的引擎聲幾乎聽不見了。

「轟炸差不多結束了吧？」

「應該吧。真是受夠了。」

「我們家是不是也被燒掉了？」

「我也不曉得。希望平安無事。」我暗自忖想應該沒指望了，但仍抱著一絲期盼，房子若是安然無恙可就太令人喜出望外了。「大概保不住了吧。」

「我想也是。」

然而，我還是無法徹底絕望。

近在眼前的一戶農家正熊熊燃燒。整棟房子從失火到燒完，耗費了相當長的時間。屋頂和梁柱連同這幢家屋的歷史，一起消失在火焰之中。

東方漸漸透出魚肚白，天亮了。

市郊的國民學校躲過了戰火，我們揹著孩子前往學校二樓的教室休息。兩個孩子慢慢醒了過來。雖說醒了過來，但是大女兒的眼睛依然無法睜開，只能雙手摸索著爬上了講台，似乎毫不在意發生在自己身上的異狀。

我把妻兒留在教室，回去探看家裡的狀況。道路兩旁的房屋還在燃燒，走在中間被熱氣和黑煙悶燻得幾乎寸步難行，我只好到處穿梭，繞了一大圈終於來到了岳家附近。假如房屋依然安好，那就太令人欣喜了，然而那無疑是痴人說夢。我雖告訴自己，千萬不可有任何企盼，但腦海裡的一線希望仍然揮之不去。岳家的那面黑色木板圍牆映入我的眼簾了。

太好了！家還在！

但是，留下來的只有木板圍牆而已，裡面的屋宅全毀。臉龐沾滿黑灰的內妹站在這片廢墟之中。

「姊夫，孩子們呢？」

「都沒事。」

「他們在哪裡？」

「學校。」

「這裡有飯糰。我連夜拚命趕路，去要了一些糧食回來。」

「謝謝！」

「打起精神嘛。不是還有埋在土裡的東西嗎？我想那些應該都完好如初。只要有那些東西在，暫時還可以湊合著過日子呀。」

「早知道就把更多東西統統埋進去了。」

「沒關係嘛，這樣已經很好了。只要帶著那些，不管去哪裡借住都不必低聲下氣，可以儘管抬頭挺胸。我現在就把吃的送去學校，姊夫請在這裡休息。來，這是飯糰，請盡量享用。」

就某方面而言，二十七、八歲的女人比起四十歲甚至年紀更大的男人，要來得老成多了。臨危不亂。我這個活到三十七歲仍舊一事無成的姊夫，在內妹轉往學校之後，剝下一塊木板圍牆鋪在後院的田圃，然後盤腿坐在木片上面，大口吞咬內妹留給我的飯糰，既無能為力又束手無策。不知道該說我是個笨蛋還是天生無憂無慮，腦子裡完全沒思考全家人接下來該何去何從，唯一擔心的事只有大女兒的眼疾。往後該帶她去哪裡看病呢？

不久，妻子揹著小兒子，內妹牽著大女兒的手，回到了這處廢墟。

「自己走回來的嗎？」我低頭問了女兒。

「嗯！」女兒點了頭。

「真乖，可以自己走這麼遠的路回來！但是我們家被火燒掉了。」

「嗯！」女兒再次點了頭。

「醫生那邊應該也燒成廢墟了，這孩子的眼睛該怎麼辦呢？」我問了妻子。

「今天早上有醫生幫她洗過眼睛了。」

「在哪裡洗的？」

「有醫生來學校看診。」

「真是太好了！」

「可是，護士實在太少了……」

「這樣啊。」

那一天，我們到位於甲府市郊的一位內妹學友家借住。我們從家裡地底下挖出埋在洞裡的糧食和鍋碗家當，統統帶去了。我笑著從褲袋裡掏出一只懷錶說道：

「這個保住了。剛好擺在桌上，從家裡逃出來的時候，我順手塞進口袋裡帶走了。」

那只懷錶是在海軍服役的內弟的，我來到岳家後借用，一直擺在我的書桌上。

「太好了！」內妹也笑了。「姊夫這回可是立下大功一件喔！託您的福，我們家的財產又多保住一件了。」

「我做得好吧？」我有些得意，「沒有錶，總是不方便。……妳摸摸看，是懷錶喔！」說著，我把那只懷錶擱到大女兒的手心。「把它拿到耳邊聽聽看，滴滴答答響，對不對？……你們瞧，這還能給眼睛看不到的孩子當玩具。」

女兒把懷錶貼著耳朵歪著頭聆聽，沒多久，懷錶卻從她手裡滑落下去，隨著清脆的碎裂聲，錶面的玻璃碎了，看來是修不好了。這種時候，上哪裡都買不到玻璃錶面。

「唉，壞了。」

我失望極了。

「黃粱一夢……」內妹喃喃自語。看她的表情，對於剎那間失去了家中唯一堪稱財產的寶貝，似乎並不怎麼在意，我稍微鬆了一口氣。

我們借用那位學友家的院子一角煮飯，傍晚就在一個六張榻席大的房間裡睡下了。可是，筋疲力盡的妻子和內妹卻輾轉難眠，低聲商量著往後該怎麼辦。

「哎，何必擔心！大家一起回到我的故鄉，日子總過得下去。」

妻子和內妹都緘默不語。不管我說什麼，她們向來不太相信。這兩人各有各的心思，沒有開口回話。

「看來，我不怎麼可靠哪。」我不禁苦笑。「不過，拜託妳們這次相信我吧！」

內妹在黑暗中吃吃笑了，彷彿依然不敢仰靠這個姊夫。片刻過後，內妹又和妻子窸窸窣窣地商量起其他事情了。

「好吧，隨妳們。」我也笑著說道，「我怎麼這麼不值得信賴啊。」

「那還用說！」妻子突然用一本正經的口吻說道，「都怪孩子的爸平常總是胡言亂語，也不曉得是認真的還是開玩笑的，誰還敢相信您呢？就算落到今天這個局面，您腦子想的肯定還是酒吧？」

「怎麼可能，我不至於那麼荒唐吧。」

「不過，要是今天晚上有酒，您還是會喝吧？」

「這……或許會喝吧。」

她們兩人經過一番討論後決定，無論如何，我們都不能繼續待在這裡叨擾了，明天得另覓去處才行。翌日，我們把從地底下挖出來的各種物什堆到大板車上，拉到了內妹的另一位熟人家。這位年約五十的主人品格相當高尚，屋宅寬敞，讓我們借住在裡面一個十張榻席大的房間。另外，我們也找到醫院了。

這家太太告訴我們，縣立醫院在這次轟炸全毀，醫護人員轉往郊外一棟倖存的建築物看診。我和妻子立刻各別揹起一個孩子出門求醫。穿過在桑田中的小路，大約十分鐘就抵達那家位於山腳下的臨時縣立醫院了。

眼科醫生是一位女醫生。

「女兒的眼睛完全睜不開，真讓人著急。我們打算回鄉下避難，擔心搭長途火車時她的病情惡化，必須等這孩子的眼睛好轉，否則我們哪裡都去不成，真的不知道該怎麼辦才好。」我抹著汗，叨叨敘述女兒的病況，懇求女醫生妙手回春。

女醫生一派輕鬆地告訴我：

「別擔心，眼睛應該很快就能睜開了。」

「真的嗎？」

「眼球沒有任何損傷，我想，再過四、五天，應該就可以出遠門了。」

「請問能不能打個針呢？」妻子從旁插嘴問說。

「針倒是有的。」

「請醫生務必幫孩子打針！」妻子誠心鞠躬央託。

不曉得是注射發揮了藥效，還是時間久了自然痊癒，從那家醫院回來以後的第二天下午，女兒睜開眼睛了。

我連連嚷著真是太好了，旋即帶著她回去看已被燒成了廢墟的家。

「妳瞧，外公家被燒掉了吧？」

「喔，燒掉了呀？」孩子臉上帶著微笑。

「妳的小兔子和小鞋子，還有小田桐伯伯家和茅野伯伯家，統統被燒掉了喔。」

「喔，統統被燒掉了呀？」女兒說著，臉上依然帶著微笑。

新紀元社刊《薄明》昭和二十一年

苦惱年鑑

我覺得時代一點都沒有改變。那是一種荒謬的感覺。或許可以形容為搖搖欲墜吧。

〈回憶〉是一部篇幅約百來頁稿紙的小說，可視為我的出道之作。這部小說的開頭是這樣寫的：

向晚時分，我和姨母一起站在門口。我忘了姨母當時揹著誰了，總之，她穿著一件揹小孩用的棉罩衣。我永遠記得當時微暗街道上的那片寧靜。姨母告訴我，陛下隱世了，還補了一句祂是活神仙。我覺得很有意思，喃喃複誦了一次活神仙這個詞。接著，我好像講了什麼不敬的話。姨母立刻訓斥我不可以那樣講，而必須說是隱世了。我明知道姨母的意思，卻故意裝傻問說，陛下隱藏到哪裡去了呀？當下把姨母逗笑了。

這是明治天皇駕崩時的回憶。我是明治四十二年[1]的夏天初生的，所以那時候應該是虛歲四歲。

同樣在這部小說〈回憶〉之中，還有另一個段落如下：

老師出了一道作文題目「假如發生了戰爭」。我是這樣寫的，「萬一發生了比地震、打雷、火災、老爸還要恐怖的戰爭，我會趕快逃到山上，逃的時候也會請老師一起跑走，因為老師是人，我也是人，應該一樣害怕打仗吧。」後來，校長和訓導副主任兩人把我找去問話，問我為什麼要這樣寫。我敷衍地回答，只是覺得好玩，隨便寫寫而已。訓導副主任立即在記事手冊寫下「好奇心」。接著，訓導副主任與我開始一問一答。他問道，我在作文裡寫了「老師是人，我也是人」，那麼每個人都一樣嗎？我扭扭捏捏地回答，我覺得是。原本我就是個沉默的小孩。接下來他繼續問道，那麼訓導副主任我與在你面前的校長既然同樣是人，為什麼領不一樣的薪水呢？我想了一下才回答，可能是因為工作不同吧。這位戴著鐵絲框眼鏡、臉形瘦長的訓導副主任馬上將我的答案

1　明治四十二年為西元一九〇九年。明治元年為西元一八六八年，後文類推。

抄在記事手冊上。我一直很喜歡這位老師。緊接著，他又問道，你的父親和我們這些學校老師都是同樣的人嗎？我不曉得該怎麼講才好，一個字也答不出來。

這件事發生在我十歲或十一歲的時候，推算起來應該是大正七年[2]或八年，也就是距今大約三十年前的事了。

其後，還有這樣的段落：

小學四、五年級的時候，我從最小的哥哥那裡聽來了所謂的民主思想，甚至聽過連母親都曾向一些賓客抱怨，都怪那個民主，徵收的稅金多得嚇人，收穫的米糧幾乎全都拿去繳稅了，從此，我就非常懼怕那種思想。我會在夏天和長工們一起到院子除草，冬天也會協助他們剷掉屋頂上的積雪，並且一邊幫忙一邊教導他們民主思想。後來才知道，那些長工並不喜歡我去幫忙，因為我除草並不徹底，他們事後還得重新除一遍。

那差不多也發生在大正七、八年，同一個時代的事了。

由此可見，早在距今將近三十年前，連遠在日本本州北端寒村的一個兒童都了解的思想，到了昭和二十一年此時的報刊雜誌上，依然號稱是「新思想」，未免太離譜了。我在文章一開始所謂的荒謬的感覺，就是指這個。

至於大正七、八年當時的社會局勢是什麼樣的，以及其後的民主思潮對日本有何影響，那些只需翻閱相關文獻即可得知。我這份手札的目的，並不是轉述那些訊息。我是個市井作家，寫在文章裡的，全部僅限於自身微不足道的個人歷史範圍之內。說不定有人對此感到不耐，或罵我怠惰，或笑我鄙俗，然而，也許當後人試圖回溯此際的當代思潮，我們一直以來記敘的個人生活片段，或許遠比所謂「歷史學家」撰寫的書冊更具有可信度，不容小覷。所以，我的重點並不是放在探索與評判形形色色的社會思想家身上，而只想在這裡寫下我個人的思想歷程。

我曾讀過那些所謂的「思想家」撰寫的「我為何成為某某主義者」之類的思

2 大正七年為西元一九一八年。大正元年為西元一九一二年，後文類推。

想發展回憶錄或宣言，然而讀完以後只覺得相當空泛。這些人之所以成為某某主義者，總是歷經某個轉捩點，而那個轉捩點通常相當具有戲劇性，令人血脈賁張。

看在我眼中，那未免太假了。儘管我試圖相信文章裡的描述，但是直覺告訴我並非如此。那些轉捩點簡直匪夷所思，讓人起雞皮疙瘩了。

我覺得他們牽強附會的技巧實在太差了。因此，這次換我寫自己的思想歷程時，必須避免寫出那種昭然若揭的編造情節。

連「思想」這個詞彙都讓我反感，更不用談什麼「思想發展」，簡直讓我渾身不對勁。談那些東西，根本像是演蹩腳戲一樣，俗不可耐。

我索性這樣寫吧：

「在我身上找不到思想那種玩意哩！只有喜歡和討厭這兩種而已喔！」

我打算如同上文，只將我銘記在心的事實，一段一段記錄下來。倘若那些思想家面臨同樣的情況，必定會絞盡腦汁，以顯而易見的謊言將那些片段串連起來，而一些庸俗之人則在看到那些填補縫隙用的具有惡意且虛偽的謊言之後，感到無比的喜悅。並且在多數情況下，庸俗之人就是為那些謊言發出讚嘆與喝采。我簡直難以忍受。

「對了，」庸俗之人問說，「請問您兒時學到的民主，後來是透過什麼樣的方式發展成熟的呢？」

我一臉呆憨地回答：

「這個嘛，我也不知道它現在變成什麼樣了。」

×

我們家族的歷代祖輩並沒有顯赫的大人物。我的祖先必定是經過一番顛沛流離，最後才來到津輕之地的北端定居下來的農戶。

我就是那樣無知又三餐不繼的貧農的子孫。直到曾祖父惣助那一代，我們家族才開始在青森縣內略有知名度。聽說當時每一縣頂多只有四、五個人由於繳納高額稅款而具有資格成為貴族院議員，曾祖父便是其中一人。去年我在甲府市的城堡旁一家舊書店找到了一本明治初年的紳士錄，翻開一看，裡面刊登了曾祖父的照片，那副鄉下人土氣未脫的樣子，一望即知是個莊稼漢。這位曾祖父是贅婿，祖父也是贅婿，父親同樣是贅婿，我們家族可謂陰盛陽衰。曾祖母、祖母和母親都比丈夫長壽。曾祖母活到我十歲左右；祖母目前高齡九十，依然老當益壯；母親活到七十歲，前幾年仙逝了。家中女眷個個都喜歡上寺院參拜，尤其祖母更是極度虔誠，甚至被家族成員拿作笑談。家裡信仰的是由親鸞上人[3]創立的淨土真宗。我們從小就常被帶到寺院參拜，去得都膩煩了，還被逼著默誦經文。

×

我的家族中，沒有出過任何一位思想家，沒有出過任何一位學者，沒有出過任何一位藝術家，甚至沒有出過任何一位官差或將軍，真的只是平凡庸俗的鄉下大地主罷了。父親當選過一次議員，也進過貴族院議會，但從沒聽過他曾在首都的政界大展身手。父親蓋了豪邸作為家宅，外觀乏善可陳，唯一的特色就是龐大，裡面將近三十個房間，其中許多都達到十張甚至二十張榻榻席大。雖說蓋得堅固無比，卻沒有絲毫雅趣可言。

舉凡古董字畫之類的國寶級藝術品，家裡一件也沒有。

父親雖然喜歡看戲，但是從不看小說。我還記得小時候曾聽他發過牢騷，沒想到居然浪費了那麼多時間去讀那部長篇小說《飛越死亡線》[4]。

然而，在這個家族中，沒有任何複雜晦暗之處。家裡從來不曾上演爭奪家產的戲碼。也就是說，家族成員沒也不曾表現出醜陋的一面，堪稱津輕地區最高尚的家族之一。在這個家裡，做過遭人背後非議的蠢事的，就只有我一個了。

×

余幼時（這樣的開頭常見於那些思想家的回憶錄，我以下將要記敘的事情若是寫得不好，說不定也會散發出思想家回憶錄的陳腐氣味，不如乾脆就用這種故作高深的開頭，也就是使出以毒攻毒的招數吧。不過，我接下來的文字，絕對不是捏造出來的，全都是千真萬確的事實。）自早晨睜開眼睛到夜裡閉上眼睛，身邊無時無刻不帶著書，這樣形容一點都不誇張。我隨手拿到什麼就讀什麼，耽讀不倦。不過，我幾乎很少把一本書重讀第二次，每天大約讀四本到五本，讀完就不再碰了。比起日本的童話故事，我更喜歡外國的童話故事。記不清楚那個故事是叫《三個預言》還是《四個預言》了，總之內容描述的是有個男人被預言將在幾歲時被獅子救

3 親鸞上人（一一七三—一二六三），日本鎌倉時代初期的僧侶，淨土真宗之祖師。

4 日本基督教社會運動家暨作家賀川豐彥的作品。

命，幾歲時會遇到強敵，幾歲時會淪為乞丐云云，他嗤之以鼻，結果他的一生果真如預言所示，一一應驗。我非常喜歡這則童話，印象中反覆讀了兩、三遍。另外還有一個，在我兒時的讀物當中，就屬那則故事最為不可思議，令人頗有感觸。那則故事沒有任何趣味性，忘記是刊登在《金船》或是《紅星》，總之是類似名稱的童話雜誌上，大意是有個少女生病住院，一天深夜，她非常口渴，正打算喝枕邊那杯所剩不多的糖水解渴時，同病房的一位老伯伯患者忽然不停呻吟著討水喝，少女隨即下了床，端起自己那杯糖水讓那位老伯伯全部喝光了。我甚至連那則故事的插圖都還有點印象。真的讓我感觸很深。在那則故事旁邊還有這幾個字：當愛人如己[5]。

但是，我無意透過這些往事來穿鑿附會，解釋我的思想。假如我真的把這些回憶，硬說成是家中信仰的親鸞上人教誨一脈相承，或是與後續的民主思想扯上關係，不就和某某先生所寫的「吾是如何成為某某主義者」一樣空泛了嗎？這一節關於我讀書的記憶，單純只是一個片段，和我人生的任何歷程都沒有辦法湊到一塊去，否則我就得圓謊了。

×

好了，那麼，終於要講到我早前提到的那個民主思想，後來怎麼樣了。沒有怎麼樣。那玩意就這樣消失無蹤了。前面已經提過，我無意在這裡轉述當時的社會局勢。我只想把肉體所感覺到的片段，逐一謄寫在這裡而已。

×

博愛主義。雪中的十字路口，有個人提著燈籠蹲在地上，另一個人抬頭挺胸，一聲聲呼喊著「啊，我的神！」一旁提燈籠的人喃喃附和著「阿們」。我噴笑出聲。

救世軍[6]。他們的樂隊喧鬧又嘈雜。慈善鍋[7]。為什麼非要用鍋子不可呢？把骯髒的紙鈔和銅板放到鍋子裡，不是很不衛生嗎？還有，那些厚臉皮的女人，難道

5 典出《馬太福音》第十九章第十九節。
6 基督教的國際慈善組織。
7 救世軍義工通常在耶誕節前於街上搖鈴勸募，捐款人自行將款項放入大鐵鍋裡，那只鍋子稱為慈善鍋。

不能穿好看一點的衣服嗎？品味真差。

人道主義。俄羅斯式的短襯衫現在很流行，「喀秋莎真可愛呀」[8]那首歌最近也很流行。時代潮流變得虛張派頭。

對於這些風潮，我一概作壁上觀。

×

無產階級專政。

那確實令人耳目一新。沒有協商，而是專政。舉凡敵人一律打倒，沒有例外。有錢人就是罪惡，貴族就是罪惡，唯獨貧窮的賤民才是真理。我贊成武裝起義。缺少了斷頭台，革命根本毫無意義。

問題是，我不是賤民，而是屬於被推上斷頭台的那種階級。我當時是十九歲的高等學校學生。班上只有我一個穿著令人側目的華美衣服。我愈發覺得自己唯有一死才能掙脫這個窘境。

我吞下了大量的加爾莫精[9]，卻沒死成。

「用不著死，你是我們的同志！」有位學友稱讚我「前途不可限量」，拉著我到處介紹給人認識。

我成了負責供錢的金主。到東京讀大學以後，依然由我資助活動，並且安排同志的食宿。

一般所謂的「大人物」，通常是指正派人士。然而，這個社會拿小人物一點辦法都沒有。這些人大吹牛皮，一找到機會就拚命攻擊別人。

他們還把騙人的行為美其名曰「戰略」。

有一類文學叫做無產階級文學。我讀了那些文章後渾身起雞皮疙瘩，眼頭發熱。不知道為什麼，每當我讀到邏輯不通的拙劣文章，總會渾身起雞皮疙瘩，眼頭發熱。同志建議我：你文筆好，不妨寫些無產階級的文章賺稿費作為黨的運作資金。於是我試著匿名寫稿，寫著寫著，眼頭愈來愈發燙，根本寫不下去了。（這段時期有所謂的爵士文學企圖與之對抗，但是那東西別說讓我的眼頭發熱了，根本不知所云，連笑都笑不出來。我連那些評論都看不懂，就這樣結束了與它的接觸。我

8 〈喀秋莎之歌〉的第一句歌詞，其為發表於一九一四年的日本歌謠。

9 CALMOTIN，武田製藥公司生產的一種鎮靜催眠藥。

也不懂何謂現代精神。由此看來，當時日本的浪潮，屬於美國風格與蘇維埃風格的綜合體，大約是從大正末期到昭和初年之間，也就是距今二十年前。舞廳與罷工。還發生過名噪一時的煙囪男事件[10]。）

到頭來，我只會欺騙親人，也就是運用「戰略」向老家索討金錢和衣物等等東西，收到後與同志共享。那是我唯一的能力。

×

滿洲事變發生了。炸彈三勇士[11]。那種愛國美談一點也無法令我欽佩。

我屢次被送進拘留所，負責偵訊的刑警對我知無不言的配合態度感到瞠目結舌。他告訴我，「像你這種資產階級的少爺根本沒辦法搞革命啦！真正的革命得由我們這種人來搞才行。」

那番話莫名具有現實感。

其後，由少壯派軍官聯合發動的那場令人厭惡的、欠缺教養的、不祥的變態革命[12]，我幾乎篤定那個刑警也在那群兇狠施暴的人當中。

同志們一個接著一個入獄了。幾乎全員身陷囹圄了。

我們和中國的戰爭還沒打完。

×

我嚮往純粹。無償行為。絕無利己之心的生活。然而，那樣的境界高不可攀。

我只能繼續喝我的悶酒。

我最痛恨的就是偽善。

×

耶穌基督。我心中只有那個人的苦惱。

×

關東地區罕見地下了大雪。那天發生了所謂的二二六事件。我怒火中燒。他們

---

10 一九三〇年，日本神奈川縣的紡織工廠發生了勞資糾紛，一位投身工運、名為田邊潔的男人爬上工廠煙囪聲援勞方，並在煙囪上發表演說。整整堅持了六天，事情才落幕。

11 一九三二年第一次上海事變，日軍於上海郊外炸開防護鐵絲網，有三名士兵於爆炸行動中不幸喪命，後來日軍將為國捐軀的三位士兵譽為炸彈三勇士。

12 此處應指後文提到的二二六事件。一九三六年二月二十六日，日本少壯派軍官率兵於東京各地同步發動政變，行刺多名政要，遇害身亡者包括兩名前任首相。叛軍於二月二十九日棄械投降。

究竟有何打算？他們究竟想怎樣？

真是令人氣憤。這群混蛋！我幾近震怒。

他們有計畫嗎？他們有組織嗎？根本什麼都沒有。

簡直像瘋子發狂。

沒有組織的恐怖主義是最惡劣的罪行。連蠢貨都不配當。

這種自鳴得意的愚蠢行為臭氣沖天，直到所謂的大東亞戰爭結束之後，那股惡臭依然久久不散。

我原本以為東條英機[13]有幾分底蘊，結果和凡人一樣平庸無奇，只是個空殼子。就像靈異怪談那樣。

在那起二二六事件結束後，同一時期，日本還發生了一起阿部定兇殺案[14]。阿部定綁上眼帶[15]變裝。當時正值衣物換季的時節，阿部定在逃亡期間，也把原本穿的那身帶內裡的雙層和服，換成了嗶嘰布的衣服。

×

接下來會怎麼樣呢？到目前為止，我已經自殺未遂四次了。還是老樣子，每三天心裡就會出現一次尋死的念頭。

×

我們和中國的戰爭沒完沒了。絕大多數人開始認為這是一場沒有意義的戰爭了。轉換目標。敵人改成美國和英國了。

×

局勢愈趨惡化這句話是大本營的那些將軍一本正經告訴民眾的。他們應該不是故作詼諧。但是我只能在哈哈大笑時才有辦法說出這句話。那些將軍雖然大力宣傳了「這一戰矢志堅持到最後」的愛國歌曲，卻沒聽到街頭巷尾到處傳唱。看來，連民眾也不好意思唱出口了。那些將軍還要求新聞界人士大量使用「鐵桶」[16]這

13 東條英機（一八八四—一九四八），日本陸軍將軍，曾任日本首相，第二次世界大戰的關鍵領導人物。

14 轟動日本的社會案件。一九三六年五月十八日，鰻魚餐館女店員阿部定於東京一家茶室勒斃情人，並切下其生殖器。

15 另有一說為戴上眼鏡。

16 形容滴水不漏的防守陣容。

詞彙，可是我每次聽到這個字眼，只會聯想到桶棺[17]。他們還發明了「轉進」這個詞，讓人一聽就想到滾個不停的皮球。還有個將軍大發豪語「敵人在我軍腹中」，臉上還帶著陰森森的笑意。我們平常人哪怕只讓一隻蜜蜂飛進肚子裡，都會疼得死去活來哭天喊地，這位將軍卻說只要敵人的全體部隊都納入我軍腹中，這樣就萬事大吉了。難道他的意思是要在肚子裡把敵人消化掉，一舉擊潰嗎？「天王山」[18]一下在這裡、一下在那裡。為什麼這個節骨眼要搬出天王山來呢？用「關原」[19]不好嗎？甚至有個將軍口誤，把天王山講成天目山了。說成天目山可就無法提振士氣了。那種譬喻簡直莫名其妙。某位參謀將校說「此次我方戰略在敵軍意料之內」，而且報紙上一字未改，全文照登。那位參謀和報社應該無意表現幽默，而是傳遞非常嚴肅的訊息。所以他的意思是說，假如出乎意料之外，就得下台以示負責了。這思考邏輯未免太詭異了。

在上位的領導人統統不學無術，連一般常識的水準都搆不上。

×

然而他們脅迫了我們。他們挾天皇之名脅迫了我們。我喜歡天皇，非常喜歡。

可是，有天晚上，我曾經暗自對那位天皇萌生了恨意。

×

日本無條件投降了。我羞愧難當。簡直想挖個地洞鑽進去。

×

批評天皇的人猛然暴增了。目睹現狀，我恍然明白自己過去多麼深愛著天皇。

我向朋友們宣布了自己是保守派。

×

十歲是民主派，二十歲是共產派，三十歲是純粹派，四十歲是保守派。歷史是否就照這樣重演呢？我認為歷史不可以重演。

×

17 以前日本人殮屍是裝在桶子裡。

18 一五八二年，羽柴秀吉（即日後的豐臣秀吉）在位於京都南部的天王山大敗明治光秀，此後日本人即以天王山比喻決勝負的轉捩點。

19 一六〇〇年，德川家康率領的東軍，與石田三成率領的西軍，在位於岐阜縣的關原展開大戰，德川家康獲勝，從此開始了德川幕府時代。

我期待一股全新的思潮風起雲湧。要說出這句話，首先必須具備「勇氣」。我們夢想中的境界是以法國那些道德家作為典範，由天皇擔任倫理楷模，建立一處我們能夠自給自足生活的無政府主義樣貌的世外桃源。

《新文藝》昭和二十一年

十五年間

戰火下劫後餘生。倘若只有我自己一個人，也就另當別論，問題是身邊還帶著五歲和兩歲的兩個孩子，實在走投無路，一家四口最後只好投靠位於津輕的老家，寄人籬下。

我想大家應該都知道，多年來我和老家的親人相處不睦。說得難聽一點，我二十幾歲時行為不檢，結果被逐出家門了。

由於兩處住所接連毀於戰火之中，再也無處棲身，我只好拍了一封「懇請收留」的電報給老家，厚著臉皮踏進家門。

不久，戰爭結束。我終於得以只穿著一身和服[1]，帶著五歲的女兒在故鄉的原野間散步。

這種心情真的很奇妙。我已經離開故鄉長達十五年，但故鄉的一草一木依然如昔。不僅如此，在故鄉的原野間散步的我，也只是一個津輕人。即使在東京住了十五年之久，我依然不像個都市人，仍舊是個脖子粗厚的鄉下人。那麼這些年來，我在東京到底是怎麼過日子的？根本還是那副土裡土氣的老樣子嘛！實在難以想像。

一個輾轉難眠的夜晚，我回想自己這十五年來的都會生活，忽然靈機一動，不如趁此機會再寫一篇回憶錄。之所以說再寫一篇，理由是大約五年前，我曾經以「東京八景」為題，翔實記載了自己過去那段東京生活，並且在雜誌上發表了。然而，五年過去，在那場大戰中歷經辛酸之後，我覺得那篇〈東京八景〉似乎還少了些東西。於是心念一轉，這次換個方向，以我這些年以來在東京發表的作品當成主軸，寫下我這個身上流著津輕土包子血液的男人，在大都會中過著什麼樣的生活，也藉此補充我寫完〈東京八景〉之後在大戰期間的那段日子，透過這樣的方式來窮究我這個鄉巴佬的本質。

我來到東京之後，首度發表的作品是短篇小說〈魚服記〉，總共寫了十八張稿紙。隔月，用了一百張稿紙的小說〈回憶〉在雜誌上分三回連載。這兩篇都是在名為《海豹》的同人雜誌上發表的，那是昭和八年的事了。我從弘前的高等學校畢業、進入東京帝大法文科就讀是在昭和五年的春天，推算起來，也就是我來到東京的第三年發表了小說。不過，我是從前一年開始才打算認真寫小說的。當時的經

1 意指不必穿躲避空襲用的防護衣。

緯，我在〈東京八景〉裡是這樣寫的：

我終於一點一滴從愚蠢中清醒過來，寫下一百張稿紙的〈回憶〉作為遺書。這篇〈回憶〉現在已成為我的處女作。我非常渴望如實地寫出自己從小到大的一切罪愆。那是二十四歲秋天的事。我坐在主房旁的小屋裡，望著荒蕪而雜草叢生的大庭院，完全失去了笑容。我又打算自殺了。要說那叫無病呻吟，確實是無病呻吟。自以為是。我把人生看成一齣戲，不對，是將戲劇看成了人生。（中略）然而，人生並不是一齣戲，沒有人知道第二幕的劇情是什麼。有時也會出現某個男人以「自我毀滅」的角色站上舞台，卻一直演到最後都沒退場。我原本計畫留下一份小小的遺書當作告白，讓世人知道曾有一個如此汙穢的孩子度過了這樣的幼年及少年時期，沒想到那份遺書反而激起強烈的意志，在我的虛無中點亮了一盞燈火，讓我無法一心求死。光是一篇〈回憶〉還不夠。既然寫到這裡了，不如全部寫完，把過去到現在的生活統統訴諸文字。我要寫出那件事，還要寫出這件事，想寫的東西源源不絕地湧了出來。我先試著寫下鎌倉那起事件⋯⋯不行，似乎少了些什麼。我再寫了一篇，還是不滿意，嘆了氣，又著手另一篇文章。沒有句點，只有一整長串的小逗點。那個不停伸手召喚我過去的惡魔，一口一口地啃噬了我。我宛如螳臂當車，不自量力。

昭和八年。我已經二十五歲了。我在這年的三月非得從大學畢業不可。但是別說畢業了，我連考試都沒有出席。故鄉的兄長們並不知道我沒去應考，他們可能以為我做了那麼多蠢事，至少會從學校畢業當作贖罪。他們似乎暗自期盼著我這傢伙還有最後那麼一點良心，我卻徹底背叛了他們，壓根沒打算畢業。我身陷瘋狂的地獄，不斷欺騙信賴自己的人。接下來的兩年，我一直住在那地獄之中。我一再向大哥泣訴明年一定會畢業，哀求再給一年的時間，卻又一再背叛了他。那一年如此，隔一年亦復如此。我在滿腦子尋死的念頭中，瘋狂地反省與自嘲與恐懼卻都無法死去，全心投入號稱是遺書的系列作品——假如真能寫得出來。或許那些作品不過是幼稚而做作的感傷罷了，但我為那份感傷拚上了一切。我將寫好的作品放在大紙袋裡，總共收存了三、四大袋，作品的數量愈來愈多。我拿毛筆在紙袋寫下「晚年」二字，預備以它作為那些遺書的標題，意思是以此作為人生的終點。

以上這些文字就是關於我那段時期的作品的「內幕」。收在那只紙袋裡的作品，已經在昭和八、九、十、十一，這四年間全數發表完畢，但其實主要的創作期間集中在昭和七至八年這兩年，大多數都是我二十四歲到二十五歲之間寫出來的作品。接下來的兩、三年，只要有人邀稿，我就從那只紙袋裡抽出一篇送過去，也都順利刊載了。

昭和八年，二十五歲。我用十八張稿紙寫成的短篇小說〈魚服記〉在那本名為《海豹》的同人雜誌創刊號上發表，成為我作家生涯的起點。沒想到雜誌出刊後，那篇小說竟獲得熱烈的迴響。在那之前，我的文章帶有濃濃的鄉下津輕腔，已有好一陣子都是井伏先生不厭其煩地幫忙逐字改稿。井伏先生得知〈魚服記〉大受歡迎的消息後吃了一驚，臉上帶著不安的表情告訴我：

「不可能那麼大獲好評，你可別沾沾自喜喔，說不定是誤會一場。」

井伏先生後來，甚至到現在，依然為我提心吊膽，擔心我得到的讚譽只是誤會一場。對於我的文章永遠惶惶不安的人，除了這位井伏先生，或許還有津輕老家的大哥。這兩位今年同為四十八歲，大我十一歲，大哥頂上已是一片光禿，井伏先生近年來也倏然變成滿頭華髮。他們在工作上同樣精益求精，在性格上也有幾分相似，而我就在他們的孕育下成長茁壯。萬一這兩位哪天不幸撒手人寰，我肯定會嚎啕痛哭。

〈魚服記〉發表後，雖然井伏先生認為「說不定是誤會一場」，擔心我洋洋得意，不過我這個鄉巴佬初生之犢不畏虎，又在同一年發表了題名為〈回憶〉的作品，成為登上文壇的新人了。隔年，開始有相當知名的文藝雜誌向我邀稿，但是不一定都支付稿酬，即使支付，頂多一張稿紙三十錢或五十錢之譜，非常廉價，就算想拿去和當時的學友至交到關東煮攤上喝兩杯都不夠付酒錢。幾年後，創作集《晚年》[2]出版，太宰治的筆名開始為世人所知，但我一點也沒有感到幸福。回想過去的生涯，讓我的身心能夠全然放鬆的短暫休息，就是在我三十歲時，在井伏先生的

2　一九三六年六月，砂子屋書房出版，為太宰治的第一本作品集。

作媒下娶了妻子，在甲府市郊以六圓五十錢的月租住在一間小屋子裡，身上揣著大約兩百圓的版稅存款，誰都不見，每天下午四點左右，拿豆腐鍋當下酒菜，一個人享受獨酌的悠閒時光。完全不必看人臉色。只是，如此逍遙的日子在短短三、四個月後就結束了。區區兩百圓的存款，自然沒多久就見底了。我不得不又來到東京，再次過起了荒唐的生活。我的前半生，等於喝悶酒的歷史。

作息規律的生活，以及躺在沒有酒精和尼古丁的潔白床單上，一直是我的心願。但現實生活中的我，卻是個在偏遠郊區的逼仄巷弄間穿梭徘徊，髒兮兮的醉鬼。為什麼會淪落到這樣的下場呢？如果我借用這裡的篇幅，只用三言兩語解釋完就算打發了這個問題，未免太自以為是了。那或許屬於我們那個年代的全體日本知識分子的共通問題。抑或許是個大哉問，大到就算我把過去的作品詳列出來，也不足以回答這個問題。

我不認同沙龍藝術。我厭惡沙龍思想。換言之，我無法忍受任何與沙龍有關的事物。

沙龍是知識的妓院。不對，在妓院裡偶爾可以發現真正的寶玉吧。沙龍應該是知識的銷贓市集。不對，在銷贓市集上未必就找不到純金的戒指吧。沙龍根本比不上那些地方。乾脆這樣講吧，那裡是知識的「大本營公告」，那裡是知識的「日本戰爭期間的報紙」。

戰爭期間，翻遍日本報紙的所有版面都找不到任何一則值得相信的報導，（然而，他們卻強迫我們要相信那些鬼話，抱定為國捐軀的決心。當父母瀕臨破產，不得已向孩子說著顯而易見的謊言時，孩子能當面拆穿嗎？同樣地，我們也只能默默目睹著命運走到盡頭，戰死沙場。）那上面全都是痛苦編造出來的報導，不過，在報紙的小角落，還是刊登著沒騙人的消息，也就是訃聞。至少那則印著羽左衛門在疏散地死亡的小訃聞，說的是實話。

沙龍比打仗時日本的報紙還要惡劣。在那個地方，連一個人的生死都敢信口雌黃。太宰治這個人在沙龍裡，已經不知道被大肆宣傳過幾次他已經死亡、他改變思想信仰了、他過氣了。

至少請容我說一句，我和沙龍的偽善一直奮戰至今。我到現在仍是個髒兮兮的酒徒。世上找不到任何一間沙龍的書架上擺著我的著書。

話說回來，我在這裡激忿填膺地寫了那麼多對沙龍的批評，恐怕還是有許多人看不懂我到底在講什麼。甚至還會出現一知半解的人來駁斥我：沙龍在國外可是文藝的發祥地呢！那種一知半解的人，正是我所說的沙龍。世上再沒有比一知半解更可怕的了。這些傢伙把十年前學到的定義直接烙印在腦子裡，然後試圖把他那唯一記得的定義，強迫套用到新時代的現實狀況上。老太太，套不上去啦！尺寸根本不合嘛！

有的人覺得自己還有待進步，單是有這樣的自覺就值得尊敬了。一知半解的永遠都是恬不知恥的傢伙。就是這些人錯誤傳達了天才的誠實，同樣也是這些人支持庸俗之人的偽善。甚至可以說，日本國土塞滿了這種一知半解的人也不為過。

更懦弱一點吧！了不起的人不是你啦！學問？那種玩意扔了吧！

當愛人如己。否則，無論如何都辦不到。

說到這裡，想必在沙龍裡那些一知半解的傢伙們，又要對我的思想展開愚蠢的議論了。我講得再多，這些冥頑不靈的傢伙依舊充耳不聞。真受不了。

或許有人要問，我為什麼要這樣批評沙龍呢？被譽為外國文藝發祥地的沙龍，與日本的沙龍，這兩者本質上究竟有何差異？和皇室或王室具有直接相關的沙龍，以及與企業家或官吏有所關連的沙龍，這兩者究竟有什麼不同？我為什麼要說你們的沙龍是膚淺的玩意呢？也許我應該在這裡為各位詳細說明一番，可是就算我多費唇舌，想必你們也只會擺出臭臉。即使太宰治來到你們的沙龍，恐怕也只會被輪番炮轟成了一具悽慘無比的僵屍，因此請恕我不提供上述服務。別擔心，聰慧之人即使不聽我講解，也能體會箇中奧祕。

此刻，我翻閱著記事手冊，一幕幕回憶接連掠過腦海。這本髒兮兮的記事手冊應該稱為我的創作年表，已被燒得半剩了。從我昭和八年首度在東京發表作品，到現在昭和二十年的這十二年來，我和那些沙龍的傢伙們始終走在不同的路上，當然和那些人永遠無法水乳交融。記得那是昭和二年或三年的事了，我當時還在弘前高等學校就讀文科，經常來東京找哥哥玩（這個哥哥是雕刻家，體弱多病，二十七歲就病逝了），哥哥帶我上咖啡館開眼界，進去一看，裡面的顧客大多是裝腔作勢、膚色白皙的俊美男子，哥哥壓低聲音逐一向我介紹那位是文壇新秀的某某人、這位是文學新星的某某人，我當時非常訝異怎麼盡是一些膚淺又輕佻的男人？從此對藝術家之流心生厭惡。

我懷疑高尚的藝術家，我否定「美麗」的藝術家。在我這個鄉巴佬看來，那一類人太過自命清高了。

我想大家應該都認識一個喜歡畫海怪的畫家叫做阿諾德．勃克林[3]。那個畫家的筆觸有點生澀，算不上是佳作。我記得他有一幅畫的標題是〈藝術家〉。海中孤島上有一棵枝葉繁茂的大樹，樹後面躲著一個吹著小笛子的又髒又醜的怪物。牠把自己骯髒的身軀隱藏起來，吹著笛子。一群美人魚圍聚在孤島的岸邊，如痴如醉地聆聽著島上的笛音。萬一她們目睹吹笛人的樣貌，肯定會放聲尖叫。因此那個藝術家才要拚命躲藏起來，只傳送優美的笛音。

這正是藝術家悲慘、孤獨宿命的寫照。藝術那如同切膚之痛般的真實之美、藝術的崇高……哎，到底該怎麼形容才好？總之，那就是藝術。

我敢斷定，真正的藝術家是醜陋的。咖啡館裡那些裝腔作勢的俊美孿子，都是贗品。你們都聽過安徒生的〈醜小鴨〉吧？在一群可愛的小鴨裡，唯獨其中一隻醜得要命，其他鴨子都嘲笑牠、欺負牠。沒想到牠其實是小天鵝。藝術泰斗年輕時幾乎毫無例外，都長得很醜。絕對不屬於沙龍人士那種可愛的類型。

上流沙龍是人類避之唯恐不及的墮落。那麼，首先應該糾舉誰呢？自己。就是我。那個自稱太宰治、特別喜歡故弄玄虛的男人。生活作息規律、睡在潔白的床單上，固然是好事。（那具有任何人都無法否定的吸引力！）然而，當自己一個人拚了命達到那個境界的瞬間，會不會突然性格大變，變成一個擺臭架子的男人，從此經常去那種以前最厭惡的沙龍，而且非但去沙龍，甚至自己也開起了低俗的沙龍，成了一知半解的文壇大老。畢竟，這個懦弱又懶散的傢伙虛榮得很，一有人吹捧就樂得飄飄然，難保會做出什麼事來。

我非常害怕會演變成那種結果。假如有一天，我過起了沙龍式的上流家庭生活，可以想見我必定做出了背叛的行徑。因為我這一生總是過著謹小慎微、虧欠他人的日子。

我接二連三破壞了自己的家庭生活。即使我沒有強烈的意志主動破壞，我的家

3 阿諾德・勃克林（Arnold Böcklin，一八二七—一九〇一），瑞士象徵主義畫家。

庭生活仍然一天天瓦解了。我在昭和五年從弘前的高等學校畢業後進入大學，搬到東京住下來之後到今天，幾乎算不清搬過幾次家了。每一次搬家都和平常人不一樣，總是失去一切，兩手空空地離開家門，到了其他地方安頓下來後，再慢慢湊齊生活必需品。戶塚、本所、鎌倉的病房、五反田、同朋町、和泉町、柏木、新富町、八丁堀、白金三光町。我在白金三光町這間好大的空房子旁的小屋裡寫下了〈回憶〉。天沼三丁目、天沼一丁目、阿佐谷的病房、經堂的病房、千葉縣船橋、板橋的病房、天沼的公寓、天沼的寄宿房、甲州御坂嶺、甲府市的寄宿房、甲府市郊的房屋、東京都轄內的三鷹町、甲府水門町、甲府新柳町、津輕。

或許還遺漏了某些地方，單是以上這些已經搬家二十五趟了。不對，是破產了二十五次。這一路走來，我總是每年破產兩次，再重新出發。至於接下來我的家庭生活會變成什麼樣，我完全不知道。

上述列舉的二十五個地方中，我最愛的是千葉縣船橋町的家。我在那裡完成了〈鄙俗〉和〈虛構之春〉等作品。我永遠記得，就在非得搬離那裡不可的那一天，我哭著向某人苦苦哀求，玄關的夾竹桃是我親手種下的，院子裡的青桐也是我親手栽下的，求求他讓我留在那裡再睡一晚！至於我住最久的地方，應該是三鷹町下連雀的家了。我從二戰開打前就住在那裡，直到今年春天被炸彈擊毀，只好舉家遷往甲府市水門町的岳家。可是，住進那裡的第三個月，岳家又被燒夷彈擊中而燒得片瓦不存，於是暫時借住郊區新柳町的某戶人家。後來覺得如果難逃一死，不如葬身於故鄉，因此帶著兩個孩子回到了位於津輕的老家。回到老家的第二個星期，就聽到那段廣播[4]了。以上就是我那段到處流浪的日子的簡介概要。

我已經三十七歲了。又得再一次從零出發了。並且同樣懷抱著對沙龍思想的厭惡之情。

我查閱那本應該正名為創作年表的記事手冊，赫然驚覺過去這十幾年來的每一年都不堪回首。事實上，這二十年來，我們這個年代的人屢屢遭逢悲慘的境遇，宛如在怒濤中飄蕩浮沉的葉子。日子過得烏煙瘴氣。二十歲左右，我們所有人幾乎都參與過那場階級鬥爭，有些人鋃鐺入獄，有些人被學校退學，有些人自殺了。我到

4 指昭和天皇親自宣讀及錄音的《終戰詔書》，於一九四五年八月十五日透過廣播對外發布。

東京一看，那裡是一座霓虹燈的森林。有「舟之舟」，有「黑貓」，有「美人座」[5]，看得人眼花繚亂。那個時候的銀座和新宿堪稱人聲鼎沸，車水馬龍。絕望下的紙醉金迷。人人泡在酒國之中，彷彿殺紅了眼似地盡情玩個夠本。接著，滿洲事變發生了。然後又是五一五事件[6]啦、又是二二六事件的，不祥之事接二連三而來，終於爆發了支那事變[7]，我們這個年紀的人個個都得上戰場了。這場事變拖了很久，遲遲舉棋不定到底要不要和蔣介石打仗，結果還沒做出定論，又與美國、英國為敵，日本的男女老幼統統都認定死期不遠了。

那是個艱困的時代。在那段期間，想要談論諸如愛情的問題、信仰或藝術，守護自己的專業領域，可說是困難重重。即使等到戰爭結束之後，依然不是件容易的事。以目前的狀況來說，一切束手無策。就算回到十幾年前那個「舟之舟時代」也沒有意義。萬一哪裡出了差錯，恐怕反而變成戰時的日子過得還比較好，那就太悲慘了。往後再也不要有人趁著動亂大發戰爭財了。賺那種黑心錢到頭來可是一場空啊。

昭和十七年、昭和十八年、昭和十九年、昭和二十年，對我們來說，真是不堪回首的歲月。我接受了多達三次點召，說是曉天動員還什麼的，每次都被叫去拚命練習竹槍突刺等等。我利用有空的時間寫小說發表，結果莫名飛來天外一筆說我被情報局盯上了。昭和十八年，我發表了共三百張稿紙的小說〈右大臣實朝〉，立刻有卑鄙的「忠臣」故意把「右大臣」讀成「猶太人」的發音，說太宰治筆下的實朝其實是猶太人云云，汙衊我是叛國賊，企圖舉發。另一篇四十張稿紙的小說剛一刊載，立刻被下令從第一個字到最後一個字，全文刪除。也曾遇過兩百多張稿紙的小說完成後卻被禁止出版。然而，我並沒有放棄寫小說。我暗自咒罵，「混蛋！既然你們要玩這種花招，我非得堅持寫下去不可！」那已經沒有道理可言，只是鄉下人的意氣用事罷了。不過，我可不打算和某某人一樣，採行新形態的投機主義，戰爭一結束就大聲嚷嚷「吾本不欲戰！吾乃日本軍閥之敵！吾乃自由主義者也！」

5 「舟之舟」、「黑貓」和「美人座」都是位於東京銀座的大咖啡館。
6 一九三二年五月十五日，日本海軍少壯派軍人闖入首相官邸射殺了首相犬養毅。
7 一九三七年至一九四五年間的第二次中日戰爭。戰爭初期日本稱為支那事變，後期改稱為大東亞戰爭。

急著說東條英機的壞話、急著追究戰爭責任云云。現在連社會主義都墮落成沙龍思想了。我可沒辦法和他們一樣趕流行。

我在戰爭期間到處告訴人家：我受不了東條英機，我看不起希特勒。但是在這場戰爭當中，我仍然極力支持日本。雖然我的支持無疑是杯水車薪，不過，我還是決定支持日本。關於這一點，我想先明確指出。當然，我對這場戰爭打從一開始就不抱任何希望，但是，日本真的搞砸了。

我在昭和十四年寫過一部長篇小說〈火鳥〉，雖然尚未完成，還是先摘錄一段放在這裡。只要讀完這個段落，相信能夠更進一步了解前面提到的「當父母瀕臨破產，不得已向孩子說著顯而易見的謊言時，孩子能當面拆穿嗎？同樣地，我們也只能默默目睹著命運走到盡頭，戰死沙場」的含意了。

節錄如下：

（前略）老母親像個瓷娃娃似的，小巧端正地坐在長方火盆的另一側。她低著頭，緩緩地開了口——那孩子是我的獨生子。雖然做出那麼可怕的事，但是，我還是相信他。孩子他爹在七年前死了。唉，說來像是自吹自擂，孩子他爹身子還硬朗的時候在前橋——是呀，家鄉是上州——他在前橋最有名氣的傳統餐廳工作。不管是大臣、師團長，還是知事，只要是到前橋玩，一定上我們店裡來。想起那個時候，日子真美好。我奮力天天幹活，十分起勁。沒想到孩子他爹在五十歲那一年，去學了不該懂的東西。就是股票。那玩意一開始跌，一下子就跌到底了。某天早上一醒過來，已經花光了。一點也沒剩了。簡直不知道該說什麼才好了。孩子他爹在我們面前根本抬不起頭來，偏偏還要打腫臉充胖子，說什麼他還有一座山沒讓我知道。一座有金礦的山。您聽聽，簡直像小孩吹牛皮似的。男人還真命苦，連在老伴面前都得裝體面。他一臉正經，仔仔細細告訴我們那座金山的事。明明知道他在說謊，我聽著聽著，該說是遺憾，還是可憐，抑或是同情呢，總之，眼淚就這麼掉了下來，真糟糕。孩子他爹察覺我們沒怎麼仔細聽他講，竟賭起氣來，把地圖什麼的統統拿出來，煞有介事地拚命講了又講，講到最後，甚至脫口說出等一下就帶大家上山去看！到了這個地步，我可為難了。孩子他爹上街時一看到人，也不管認不認識，就喋喋不休大談他那座金山，頓時成了左鄰右舍的笑柄，羞得我真想鑽進地洞去。那時朝太郎才剛去東京上大學，可是我實在不知道該怎麼辦了，只好寫信一五一十全告訴朝太郎。朝太郎那時候真了不起！他立刻從東京趕回來，裝作高興得不得了，直嚷嚷著：「爹有那麼好的一座山，怎麼從來沒告訴我？既然家裡有金山，我哪裡還需要上學？請讓我休學，我們把房子賣了，現在馬上就去那座山挖金礦吧！」說著還急著拉他爹的手就要出門。後來，他偷偷把我喊去暗處罵了一頓：「娘，您聽清楚了，爹的日子已經不多了！怎麼可以讓一個落魄的人沒面子呢？」聽他這麼一說，我才明白過來是這麼回事，也很羞愧自己居然沒能看得出來。這孩子有此慧眼，簡直是菩薩再世了。所以，儘管知道孩子他爹說的不是實話，我們一家三口還是一路搭火車、換馬車、在雪地上跋涉，辛辛苦苦地去了信濃[8]的深山。此後整整一年，那孩子不分烈陽高照還是颳風下雨，天天陪他爹在山裡繞，天黑了回到山屋，又一副信以為真的模樣聽他爹講金山的事。父子倆認真研究討論，互相打氣說明天一定會找到的，然後才睡下。隔天一大早又到山裡去，被他爹拉著到處走，聽他爹滿口胡說八道，可這孩子只管頻頻點頭稱是，到晚上才拖著一身疲憊回來。孩子他爹能在山裡過上一年幹勁十足的日子，在老婆和兒子面前也能保住顏面，安詳離開人世，一切都得感謝朝太郎的忍耐。是呀，孩子他爹死在信濃那間山屋裡。臨死前還豪氣地告訴我們：「我這座山一定挖得到金子！你們等著家產翻二十倍吧！」孩子他爹的心臟已經是老毛病了，死在一個寒風呼呼吹的早上，可憐哪。後來，我們母子倆就去了東京，過了一段苦日子。我每次端著大碗卻只能買一塊豆腐回來，那種時候最讓我難受了。所幸那孩子有才華。託大家的福，現在朝太郎已經能靠寫東西賺錢了。不管朝太郎做了什麼蠢事，我都相信他。一想到那孩子從前那樣百般袒護他爹，真是感激萬分又無以回報。無論那孩子做了什麼事，就算他殺了人，我都相信他。那孩子太體貼了。（後略）

那些自稱「擁有科學精神者」把這樣的思想叫做老派的人情主義，嘿嘿一笑

8 現在的日本長野縣。

置之就算了事。我永遠無法和這種人共事。戰爭期間，我有個想法：假如日本能夠在這樣的狀態下贏得勝利，那麼日本就不是神國[9]，而是魔國了。儘管心裡這麼想，我仍然時時刻刻將日本必勝這句話掛在嘴上，並且站在日本這一方。那些一臉若無其事走在路上，明知道日本會吃敗仗卻只敢在背地裡嘀咕著「會輸呀、會輸呀」的人，其實也不怎麼清高。

透過這種方式，我自以為「站在日本這邊」，可是當時的政府似乎並不相信我。有謠言說，我被列入情報局的黑名單當中，結果再也沒有出版社向我邀稿了。說來可悲，生活費一天比一天少，孩子一個兩個地出生，雪上加霜的是收入幾乎沒了，真是不知道該怎麼辦才好。當時恐怕不只是我，那些所謂從事純文藝創作的人，全都有同樣的煩惱。不同的是，其他人多半擁有古董書畫之類的財產，拿去賣了還能夠應急，可是我連一件像樣的財產都沒有。在這種情況下，萬一我又被徵召上戰場，妻兒該怎麼活下去呢？不幸之幸是，我始終沒有收到召集令。雖然很不想這樣說，卻也不得不感謝上蒼垂憐。總而言之，我只能勤奮不倦，繼續寫小說。

除了那些大發戰爭財的人以外，大家現在都過著苦日子，我也不能抱怨自己日子難過，只能努力裝出爽朗的樣子。儘管如此，心裡還是十分惶恐，於是曾經寫過信給某位前輩。信裡的內容是這樣的：

前輩敬啟。這封信不是要請您幫忙，也不是要控訴什麼，更不是要指責某人。只是有些話連對家人都無法說出口，至少想告訴您一人，所以才寫了這封信。您知道這件事之後，不必做任何回應。我並沒有期待您的回覆。只要看完知道了就好。還有，您讀完這封信以後，請默默地撕掉丟棄。麻煩您了。也不要講給別人聽。

我正在考慮自殺。我也正在努力忍住那股衝動。與其說是捨不得妻兒受苦，更不希望我這個日本國民的自殺被外國拿去當作宣傳材料，此外，還擔心我那些前往戰地的年輕朋友們要是聽到我自殺的消息會有什麼感受。一想到這些，我只能努力忍住那股衝動。為什麼我非自殺不可呢？原因，您應該很清

9 日本人認為天皇是神的後裔，這個國家也是由神造出來的，因而自稱神國或神州。

楚。我沒有財產，所以比一般人更能吃苦。我今年的收入是××圓，目前手頭還剩下××圓。但我不打算向任何人借錢。我曾在深夜裡想過，要不要寫信向故鄉的大哥借錢，後來還是作罷。到了這個地步，只憑能一股傲氣撐下去了。我想好了，就算在死前的最後一夜，我也要裝出一副腰纏萬貫的派頭，吃吃喝喝鬧個通宵。就這樣，我唯一能做的就是繼續寫小說了。但是我壓根沒想過寫那種禮讚戰爭的小說。

我只是想讓您知道這件事而已。畢竟不曉得我明天還在不在這個世上。您無須回信。讀完信後，請立刻撕毀丟棄。就此擱筆。

我曾暗中寄了這樣的信給那位前輩。那時候就算隨口發發牢騷，都會被視為叛國賊，想起來真是個可怕的時代。

寄出這封信後過了一個月左右，我偶然在新宿遇到了那位前輩。我們兩人什麼也沒說，默不作聲地一起走著。過了一會兒，那位前輩開口了：

「我讀了你的那封信。」

「好。您看完就撕掉了嗎？」

「嗯，撕掉了。」

我們的對話就只有這樣。聽說那位前輩當時的處境比我還要辛苦。總而言之，言而總之，我不能繼續過著那樣的生活，非得殺出一條血路來拯救山窮水盡的生計不可。

我收下了某家出版社提供的旅費，規劃了一趟津輕之旅[10]。當時日本上下的關注焦點都集中在南方，我則朝完全相反的方向踏上旅程，前往日本本州的北端。我不知道自己還有沒有明天，在那之前，盼能再次親眼看看出生成長之地的津輕。

我出生在所謂道地的津輕農戶，從小學、中學到高等學校整整二十年，都是在津輕長大的，但是只去過津輕的五、六個小都市和鎮町而已。中學的寒暑假，我總是待在家裡無所事事，隨手拿起兄長們的藏書打發時間，從沒想過要去哪裡旅行。自上了高等學校後，一放假我就去找在東京讀雕刻的那個哥哥玩，幾乎沒回老家。自

10　一九四四年五月，太宰治接受小山書店的委託踏上了返鄉之旅，並將途中見聞寫成《津輕》一書，於同年十一月由小山書店出版。

從到東京上大學後就再也沒回去過，已經十幾年不曾返鄉了。可以說，我對津輕那片土地幾乎一無所悉。我繫緊綁腿，有生以來第一次踏遍津輕的每個角落。我搭上一艘小蒸汽船從蟹田前往青森。穿著一身破爛的我仰躺在艙頂上，即使飄起了小雨也任由身上被淋濕，只管大啖蟹田特產的螃蟹腳，好整以暇地望著昏鬱低沉的天空。那一刻的孤單寂寥，我永難忘懷。到頭來，我在那趟旅程發現的是「津輕樸拙的一面」。那是一種拙劣。那也是一種笨拙。那是一種沒有方法可以透過文化來呈現其樣貌的困惑。我也在自己身上感受到同樣的情況，但於此同時，也覺得那是健康的。會不會有某種全新的文化（一看到「文化」這個詞彙總讓我毛骨悚然。以前我甚至把它寫成「文花」），從那裡開始萌芽呢？會不會由此萌發出一種嶄新而充滿情感的呈現方式呢？我帶著對自己血液中流淌的道地津輕稟性的自豪，信心滿滿地回到了東京。換言之，我發現在津輕找不到那種名為文化的玩意，因此，身為津輕人的我，當然也絕不是一個文化人。這個發現讓我心神輕鬆又爽快。從津輕回來之後，我察覺自己的作品似乎起了一點變化。我以「津輕」為題，將旅中見聞寫成了一部長篇小說發表。接下來，我出版了短篇小說集《新釋諸國故事》[11]，然後是以魯迅在日本的留學時代為題材的長篇《惜別》[12]，以及短篇小說集《御伽草紙》[13]。我認為身為日本作家，即使在那時候死去，自己也已經有足夠的作品留傳後世了。其他作家都太不積極了。

那段期間內，我兩度遭到戰火之災。《御伽草紙》竣稿後，我預支了版稅，終究還是帶著全家人去了津輕的老家。

我們一家四口在甲府第二次受到戰火波及，無處棲身，只好前往津輕，經過了整整四個晝夜，總算回到了津輕的老家。

那段旅程可以說是困難重重。七月二十八日早晨從甲府出發，在大月附近遇到空襲警報，下午兩點半左右抵達上野車站立刻加入長長的候車隊伍，等了八個鐘頭，準備搭乘晚上十點十分發車的奧羽幹線火車駛往青森，不巧就在我們即將進入

11 一九四五年一月由生活社發行。

12 太宰治於一九四四年十二月接受情報局與文學報國會的委託，前往仙台蒐集魯迅在當地留學時的相關資料。該書於一九四五年九月由朝日新聞社發行。

13 日本室町時代至江戶初期的短篇故事通稱，多數是具有寓意的童話故事。太宰治這本書於一九四五年十月由筑摩書房發行。

票閘門的前一刻，空襲警報大作，車站裡瞬間漆黑一片，人們再也顧不得依序排隊，驚聲尖叫此起彼落，瘋狂擠向票閘門，我和妻子懷裡各抱著一個孩子，沒辦法和旁人一樣跑得那麼快，等我們好不容易到了火車旁，車上已經擠滿了人，不管從車窗還是車門都擠不上去了。我們茫然站在月台上，聽見火車發出如嘆息般的汽笛聲，費力地啟動了。那天晚上，我們只能躺在上野站票閘口的地面和衣而睡。黎明前，車站廣播告知了青森一帶遭到了燒夷彈轟炸。明知如此，我們還是非去青森不可。只要是朝北方行駛，不管任何火車我們都搭，希望能夠盡量接近目的地。於是，我們搭上隔天早上五點十分駛往白河的火車，於十點半抵達白河。下車後，在月台上等兩個小時，於下午一點半換乘再往北行的火車，終點站是小牛田。我們是從車窗爬進車廂的。中途經過的郡山站遭到了轟炸。晚間九點半，抵達小牛田站，又在票閘口前睡了一夜。我們身上帶了三天份的糧食，問題是當時正值酷暑，飯糰都發酸了，飯粒像納豆一樣牽絲，咬一口，嘴裡黏呼呼的，實在沒辦法吞下去。由於我們還帶了一升米，天剛破曉，妻子就在昏暗中於小牛田站附近挨家挨戶敲門，希望能夠拿這些生米換飯糰，終於找到一戶人家答應，換得四顆相當大的飯糰。我大口咬下，嘴裡突然發出咔咔聲，吐出來一看，原來是梅乾，還把梅核咬碎了。牙口不好的我，居然把梅乾裡面那麼堅硬的梅核給咬碎了，太可怕了。

寫到這裡，才只是歸鄉路途的三分之一左右，但想必讀者已經看得不耐煩了。接下來雖然還有種種悲慘的遭遇，就此打住。總之，我們費盡千辛萬苦終於抵達了家鄉，沒料到家鄉當時正被艦載戰機[14]轟炸，民眾同樣四處奔逃。

我心想，就算要死，能夠死在故鄉，或許也是一種幸福。過不多久，日本宣布無條件投降了。

戰爭結束到現在，已經快五個月了。這些日子以來，我寫了新聞連載的長篇，以及幾部短篇小說，並將獨創的技巧運用在短篇小說裡。不是篇幅短，就稱得上是短篇小說。國外的短篇小說最早由《十日談》[15]開啟濫觴，近代則有梅里美[16]、莫

14 配備於航空母艦的戰機。

15 義大利文藝復興時代作家喬萬尼．薄伽丘（Giovanni Boccaccio，一三一三—一三七五）的寫實主義短篇小說集。

16 梅里美（Prosper Mérimée，一八〇三—一八七〇），法國現實主義中短篇小說家。

泊桑、都德[17]、契訶夫[18]等人各放異彩。日本自古以來在這個領域尤其擅長，所謂「○○物語」幾乎全都是短篇小說。到了近代，不但出現了井原西鶴[19]這位大師，還有明治年間的森鷗外[20]文筆格外生動，接著進入大正時期，包括志賀直哉[21]、葛西善藏[22]、芥川龍之介、菊池寬[23]等等，熟知短篇小說技巧的作家不在少數，至於昭和時代初期，則以井伏先生最為出類拔萃。近幾年的作家幾乎乏善可陳，只是稿紙張數少就歸類在短篇小說中。戰爭已經結束，往後在寫作上可以隨心所欲了，我想重現失傳已久的短篇小說寫作技巧，於是寫了三、四篇送到雜誌社。寫著寫著，卻陷入了嚴重的憂鬱。

我滿肚子氣憤，真想喝酒解悶。依我看來，日本的文化比過去更墮落了。某些所謂的「文化人」最近一下子嚷嚷著某某主義，一下子又嚷嚷著某某主義，聽在我耳中，全都帶有那種明顯的沙龍思想。假如可以昧著良心，搭上這班順風車，或許我也可以躋身「成功者」的行列。可惜我這個土包子臉皮薄，實在辦不到。我無法欺騙自己的感受。那些主義已經失去了發明之初的真實性，簡直像是從原本的主體游離出來，變成另一種新的現實存在於這個世界，不停地空轉。

新的現實。

全然嶄新的現實。啊，我渴望更加、更加高聲吶喊這句話！

不能試圖逃離那裡。不可以假裝沒事。難以解決的苦惱。幾天前，有個年輕人來找我抱怨食物不夠令他很憂鬱。我這樣告訴他：

「少騙人了！你的憂鬱不是因為食物不夠，而是為了道德而苦悶吧？」

這位年輕人點了頭。

我深切地感受到，日本如今的「新文化」對於我們當前最關心的事、最感到內疚的事，連看都不看一眼，就這樣從旁邊走了過去。

17 都德（Alphonse Daudet，一八四〇—一八九七），法國寫實主義小說家。
18 契訶夫（Anton Pavlovich Chekhov，一八六〇—一九〇四），俄國短篇小說家。
19 井原西鶴（一六四二—一六九三），日本江戶時代作家，被譽為「日本近代文學大師」。
20 森鷗外（一八六二—一九二二），本名森林太郎，日本作家、翻譯家暨軍醫。
21 志賀直哉（一八八三—一九七一），日本小說家，白樺派代表作家之一。
22 葛西善藏（一八八七—一九二八），日本作家。
23 菊池寬（一八八八—一九四八），日本小說家，文藝春秋出版社創辦人。

或許我終究只是個完全不懂「文化」、腦筋不好的津輕農家子弟。當我穿上雪靴踏雪而行時，那模樣怎麼看都是個鄉巴佬。然而，從今天起，我這個不精明、笨拙、遲鈍的鄉巴佬，就要帶著這個最簡單的疑問，奮力闖出一條路來。如果說我身上現在有什麼值得當成靠山的，唯獨「津輕鄉下人」這一樣而已。

十五年來，我離鄉背井，幸而故鄉一如往昔，而我也從未脫胎換骨成幹練的都市人。非但沒有，甚至還變得愈來愈土氣、愈來愈憨直。「沙龍思想」和我，更是漸行漸遠。

最近我幫仙台的一家報社寫長篇小說〈潘朵拉的盒子〉[24]，在此節錄其中一段如下，作為這猶如惡夢一場的十五年間回憶手札的結尾。

（前略）不曉得是外頭的風雨交加使然，還是在昏黃燈火的催化下，那天夜裡，我們四個室友難得又聚在一起，圍坐在越後獅子點燃的燭火旁暢所欲言。

「那個叫什麼自由主義者來著的，到底是啥意思啊？」卡坡雷壓低了聲音詢問。不知道他在害怕什麼。

「在法國呢……」硬麵包之前在英文上吃了悶虧，這回換成賣弄法國的知識了。「有一群放蕩主義者[25]，他們崇尚自由思想，行為放蕩。十七世紀曾經風行一時，算起來是距今三百年前的事了。」他挑了挑眉，說得煞有介事。

「這些傢伙極力鼓吹宗教自由，手段相當粗暴！」

「哦，原來是一群暴徒啊。」卡坡雷露出了頗為意外的表情。

「這個嘛，也可以這麼說。他們常像無賴漢那樣過日子。比方那齣很有名的戲，叫什麼《風流劍客》[26]來著的，那個大鼻子西哈諾就可以算是當時的放蕩主義者。他勇於反抗當權派，鋤強扶弱。那個時代的法國詩人多半都是那樣

24 太宰治一九四六年於河北新報社發行的作品，故事原型來自太宰治的讀者木村庄助的病中日記。內容為一個二十歲的男子住在一家名為「健康道場」的結核病療養院裡養病時寄給親友的信札。此處摘錄的部分是主角和同室病友的談話內容，「卡坡雷」是二十八歲的單身泥水匠，「越後獅子」是品行端正、曾任報社記者的中年男士，「硬麵包」是二十六歲的法律系學生。

25 Libertin。放蕩主義屬於自由思想哲學，不受宗教信仰、社會規範與道德觀念束縛。

26《*Cyrano de Bergerac*》，一八九七年上演的舞台劇，描述十七世紀的法國俠義劍客西哈諾因有個大鼻子，而不敢向心儀的女性示愛。一九九〇年改編為同名電影（中譯《大鼻子情聖》）。

的。說起來，與日本江戶時代的俠客有幾分相似。」

「啥？」卡坡雷笑了出來。「照你這麼說，幡隨院長兵衛[27]也是自由主義者嘍？」

硬麵包依舊板著面孔繼續說：

「這樣說也沒什麼不妥。總之，十七世紀的法國放蕩主義者多數都是那樣的，與現代的自由主義不太一樣。或許花川戶助六[28]還有鼠小僧次郎吉[29]，也屬於這一類人。」

「哦，還有這種事啊？」卡坡雷顯得很興奮。

正在縫補拖鞋的越後獅子見狀，跟著咧嘴一笑。

「說穿了，這種自由思想……」硬麵包愈說愈嚴肅。「其本質就是反抗精神。或許也可以說是破除陳舊的思維觀念。這種思維並不是在掙脫壓制和束縛時才萌生出來的，而是在受到壓制和束縛的同時所產生的具有奮起抗爭性質的反應。舉個常見的例子來說，有一天，鴿子向神明許願：『我在空中飛的時候，總會受到空氣的阻攔，飛不快。求神明把空氣這玩意變不見！』神明答應了鴿子的願望。可是從此以後，鴿子再怎麼使勁拍翅都飛不上天了。故事裡的鴿子就代表自由思想。有空氣阻力，鴿子才能飛上天空。缺乏抗爭對象的自由思想，就如同在真空管裡拍打翅膀的鴿子，怎麼飛也飛不起來。」

「聽起來有點像某個男士的名字[30]呢？」越後獅子停下修補拖鞋的動作，問了硬麵包。

「啊，」硬麵包抓了抓後腦勺。「我不是那個意思，只是轉述康德說過的例子。我一點都不了解日本政界的現狀。」

「不過，往後所有的年輕人都享有選舉權和被選舉權，還是得多多少少知道一點。」越後獅子儼然一派長老風範，泰然自若地說道，「不妨這麼說，自

27 幡隨院長兵衛（一六二二—？），日本江戶時代庶民，被譽為日本第一位俠客。

28 花川戶助六，日本古典歌舞伎中著名的俠客人物。

29 鼠小僧次郎吉（一七九七—一八三二），日本江戶時代的知名義賊。

30 此處或指日本政治家鳩山一郎（一八八三—一九五九），曾任第五十二至五十四居內閣總理大臣。一九四六年，日本舉行二戰結束後的首度國會大選，時任自由黨黨魁的鳩山一郎在選戰中獲得多數席次，準備組閣之際卻因其極右派的經歷而被盟軍總司令部禁止擔任公職。

由思想會隨著時代的不同，呈現截然不同的意義。凡是為了追求真理而奮鬥不懈的那些天才，每一位都可以稱為自由思想家。我甚至認為，自由思想的鼻祖是耶穌基督。『所以我告訴你們，不要為生命憂慮……你們看那天上的飛鳥，也不種，也不收，也不積蓄在倉裡』，這樣的自由思想實在令人讚嘆！依我之見，一切西方思想都是以耶穌基督的精神作為基礎，有些加以進一步闡述，有些予以顯淺說明，有些對其提出質疑。總之，看似百家爭鳴，實為萬流歸宗，而源頭就是那本《聖經》。就連科學也不能說沒有相關。物理界也好，化學界也罷，科學的基礎都來自假說，根據肉眼無法辨識的假說作為研究的起點。所有的科學，都是從信仰假說出發的。日本人在研究西方哲學或科學之前，必須先研究《聖經》才行。我並不是基督徒，但我的看法是，日本之所以輸掉了那場戰爭，就是因為沒有先仔細研究《聖經》，只囫圇吞棗學到了西方文明的表象。如果不了解耶穌基督的精神，根本不可能徹底理解自由思想，甚或其他各種思想。」（中略）

「（前略）所謂十年如一日、恆久不變的政治思想，無疑是痴人說夢。（中略）耶穌基督也說過，『不可背誓』，又說『不要為明天憂慮』，祂不正是自由思想的先驅嗎？還有，『狐狸有洞，天空的飛鳥有窩，人子卻沒有枕頭的地方』，這一段話也可以視為自由思想家的感嘆。倘若連一天安穩的日子都沒有，自然迫使人們不得不主張『苟日新，日日新，又日新』了。日本到今天還停留在痛斥昨日軍閥官僚的階段，那可不是自由思想，而是不折不扣的真空管裡鴿子[31]。如果是真正有勇氣[32]的自由思想家，此時此刻應當不顧一切大聲呼喊。（中略）必須大聲呼喊：『天皇陛下萬歲！』這聲呼喊在昨天之前可謂了無新意，而陳腔濫調多半是騙人的伎倆[33]；然而時至今日，這已經成為嶄新的自由思想了！因為，十年前的『自由』與今天的『自由』，已經代表不同的意涵了。現在的『自由』不再屬於神祕主義，而是人類與生俱來的愛！（中略）

31〈潘朵拉的盒子〉此處原文為「便乗思想である」（而是投機思想），而非「而是不折不扣的真空管裡鴿子」。

32〈潘朵拉的盒子〉此處原文沒有「勇気ある」（有勇氣）。

33〈潘朵拉的盒子〉此處原文沒有「古いどころか詐欺だった」（而陳腔濫調多半是騙人的伎倆）。

我聽說美國是個自由的國度，這個國家必定會同意日本為真正的自由所發出的這一聲呼喊。」

《文化展望》昭和二十一年

尋人

我想向這本《東北文學》雜誌借用一點寶貴的版面。至於為什麼要借用《東北文學》雜誌的版面，理由詳述於後。

眾所周知，這本《東北文學》雜誌是由仙台的河北新報社發行，當然在關東、關西、四國、九州的店家同樣陳列販售，但我猜想，這本雜誌的主要讀者群應該還是以東北地區，並且是仙台一帶居多。

基於上述原因，我唯一的希望，只能寄託在《東北文學》雜誌一隅了。

事情是這樣的，我想找個人。但我既不知道對方的大名，也不知道住處，只能猜測或許就住在仙台市或是附近地區。我想尋找一位女士。

我之所以想到商請這本於仙台市發行的《東北文學》雜誌刊登拙作，就是因為認為那位女士可能住在仙台市或是市區附近，也許會看到我的這篇手札。即使她本人沒看到，說不定有萬分之一的機會恰巧由親朋好友看到之後轉告她……不不不，太難了，怎可能那麼湊巧……不不不，我非常明白這事比登天還難，然而即便知道不可能那麼湊巧，我也非得抱著一線希望，否則實在寢食難安。

「小姐，感謝您當時出手搭救。那個乞丐就是我。」

這句話無法傳到那位女士的耳中，就如同一位勇士捐軀之後，某人搭上飛機，飛到那位勇士長眠的戰場上空時投下一束花致意。那束花絕對無法準確落在那位勇士的埋骨之地。或許掉在遠方森林的鷲巢裡，嚇得雛鷲拍翅驚叫。又或許落在海面上，隨著波浪飄蕩浮沉。畢竟，問題不在於能否傳到那位女士的耳中，而是說出這句話的人，或者說投下那束花的人必須這樣做才能心安，也就夠了。我知道這種想法非常自私，但還是非說不可：

「小姐，感謝您當時出手搭救。那個乞丐就是我。」

昭和二十年七月底，我們一家四口在上野搭了火車。我們先在東京遭到戰火之災，於是搬到甲府避難，結果甲府那邊又被燒得精光，而戰爭還沒有結束。我心想，既然難逃一死，不如死在故鄉來得省事，於是帶著妻子和五歲的女兒以及兩歲的兒子從甲府出發，當天抵達上野後立刻換搭駛往青森的快車。沒料到的是，在上野站時不巧空襲警報大作，擠滿車站數千名旅客殺氣騰騰地直往月台衝，帶著小孩的我們在一陣推擠中不是被左踢一腳就是右撞一記，終究沒能搭上那班快車，那天只好在上野站票閘口旁窩了一晚。那是個可怕的月夜。深夜時分，我獨自去外面走一走。這一帶幾乎都已慘遭祝融肆虐。我沿著上野公園的石階拾級而上，站在南洲[1]的銅像旁，遠遠地望向淺草那方。

眼前的景象宛如湖底叢生的水草。這就是我對東京的最後一瞥。這就是自從十五年前進入那一所位於本鄉的學校[2]以來，對這個孕育我成長的東京的最後一瞥。一想到這裡，我實在無法抑遏心中的激動。隔天早晨，我們搭乘從上野站出發的第一班列車。我們毫不在意那輛火車要駛向何方，只要是朝北方走，哪怕只走二十幾公里都無所謂，我們都會立刻跳上車。於是，我們搭上了清晨五點十分發車前往白河的班次。沒多久就到白河了。下車後，打算於白河繼續換搭再往北哪怕只走二十幾公里都無所謂的火車。下午一點半，前往小牛田的火車駛進了白河站，我們一家四口從車窗爬進了車廂。這輛火車和之前的不一樣，車廂裡擠滿了人，再加上暑熱難當，兩歲的兒子貼在母親敞開衣襟的胸脯上不停抽噎。小兒子出生時由於母體營養不良，一生下來既小又弱，母乳不足也造成他的發育不良，現在的狀態幾乎只是還會動而已。五歲的大女兒身體算是比較健康，但是在甲府受到戰災的不久前罹患了結膜炎，躲空襲時眼睛完全看不見，由我揹著在火雨之中逃命，之後找到了在戰火下逃過一劫的醫院接受治療，就這樣在甲府熬了三個星期左右，這孩子終於重見光明，我們這才得以帶著她離開甲府。可是每到傍晚，這孩子的眼睛又被分泌物黏住了，到了早上還是無法睜開，我用醫生給的硼酸水給她沖洗眼睛，點上眼藥後還等上一陣子，她眼睛才睜得開。那天清晨在上野站搭火車的時候，這孩子的眼睛一直睜不開，我以手指把眼皮用力一撥，鮮血立刻冒了出來。

換言之，我們一家當時的模樣是：身上是髒襯衫、褪色深藍棉褲、胡亂繫纏的綁腿、膠底二趾布鞋、蓬頭垢面沒戴帽的父親，還有披頭散髮又滿臉煤灰、下穿束口勞動褲還袒露胸脯的母親，以及罹患眼疾的女孩，和哭叫不休的瘦乾巴男孩，一個不折不扣的乞丐家族。

小兒子抽抽噎噎哭個不停，妻子把乳房塞進他嘴裡，他可能知道吸不到奶而別開臉，甚至整個身子奮力往後仰，哭得愈發淒厲。站在旁邊的一個同樣帶著孩子的太太看不下去，向妻子搭話：

1 西鄉隆盛之號。
2 太宰治就讀的東京帝國大學校區所在地。

「沒有奶水嗎？給我抱一下，我還有奶。」

妻子把正在嚎哭的兒子交給了那位太太。可能是那位太太的乳房有充沛的奶水，孩子一下就不哭了。

「哎呀，您家兒子真乖巧，吃起奶來這麼文雅。」

「哪兒的話，只是因為身子弱。」

聽到妻子的解釋，那位太太的表情顯得有些苦澀，勉強擠出一絲笑意。

「我家孩子吃起奶來粗裡粗氣的，吸得我都疼了，這個小少爺是不是太客氣了呢？」

那個虛弱的孩子嘴裡含著不屬於母親的乳房，在另一個人懷裡睡著了。

火車抵達了郡山站。車站似乎剛剛遭到轟炸，甚至還能嗅到火藥味，傾圮的車站建物籠罩在飛揚的濛濛黃砂之中。

當時東北地區受到猛烈的轟炸，仙台已經燒掉了大半。我們睡在上野站水泥地的那一晚，敵機對青森市實施燒夷彈攻擊。隨著火車駛向北方，沿路聽到乘客交換著各種流言蜚語，一會兒說這裡被炸了，一會兒又說那裡也被炸了，尤其青森地區受災情況最為嚴重，甚至還有人煞有介事地誇大其辭，說是青森縣全境交通中斷了。一想到究竟什麼時候才能到達津輕北邊的故鄉，心情頓時跌到了谷底。

過了福島左右，乘客少了一些，我們總算有位置坐下來了。剛喘口氣，旋即擔心起糧食不夠了。我們身上帶了大約三天份的飯糰，可是天氣太熱，飯粒像納豆一樣牽絲，吃進嘴裡黏呼呼的，根本無法下嚥。小兒子可以沖奶粉給他喝，不過得用熱水才沖得開，只好等火車停靠站的時候向站長解釋情況，索討一些熱水來沖奶，在火車行進間就把蒸糕剝下來小口小口給他吃。可是現在連蒸糕的外皮也已經發黏，非扔不可了。剩下的食物只有炒黃豆而已。另外還帶著一些生米，等到中途在某一站下車時，說不定可以拿來和旅社換成熟飯，到時候就能派上用場了。問題在於眼下幾近斷糧了。

我和妻子還能靠著嚼炒黃豆和喝水熬個一、兩天，但是五歲的女兒和兩歲的兒子肯定要餓肚子了。多虧剛才那位太太的奶水，小兒子睡得迷迷糊糊的，大女兒則吃膩了炒黃豆，瞪大眼睛直盯著別人的飯盒裡的飯菜瞧，眼看著口水就快淌下來了。

唉，人類一定得吃東西才能活下去，實在太不體面了。我之前就向妻子宣示過：「欸，萬一這場仗再拖下去，為了一顆飯糰都得你爭我搶才活得下去，到那個時候，我可不想活下去了。我會放棄參加飯糰爭奪戰的資格。很遺憾，妳也先做好心理準備，到時候和孩子一起死吧。到了這種局面，那已經是我唯一想保有的最後一點自尊了。」我覺得，「那個時候」就是現在了。

我漫不經心看著窗外的風景，心裡沒有任何好主意。火車在某個小站停靠，上來了一個提著滿滿一籠桃子和番茄的太太。

那個太太立刻被許多乘客團團圍住，窸窸窣窣地和她商量著什麼。「不行啦！」那個太太似乎頗為強悍，提高嗓門拒絕了乘客們的要求。「這不是拿來賣的！讓一讓嘛，我要過去啦！」只見她撥開人群，直直朝這邊走了過來，在我旁邊一屁股坐了下來。那一刻，我的心情很複雜。腦子裡轉著下流的念頭，甚至有種錯覺自己該不會是極度通曉女性心理的某種色魔吧？雖然不至於有色魔是一身破爛還帶著兩個孩子的，總之，我開始悄悄發動了心理戰。當其他乘客垂涎那只水果籠而擠成一團吵鬧不休時，我假裝事不關己，依然滿不在乎地看著窗外的景色，其實心底對籠子裡的東西比任何人更有興趣，但還是忍住連瞄一眼那邊都沒有。一想到這個策略或許可以奏效，不禁覺得自己似乎有勾引女人的才華，頓時心中有愧。

「上哪兒？」

那個太太口吻急躁，向坐在前面的妻子搭話。

「比青森還遠一點。」

妻子冷淡地回答。

「那還得搭好久哪！被炸了吧？」

「嗯。」

妻子本就是個話不多的女人。

「在哪裡？」

「在甲府。」

「帶著孩子跑真難為。要不要來一些？」說著，她很快地把十幾顆桃子和番茄放到妻子腿上。「快藏起來。被其他傢伙瞧見，又要不得清靜了。」

果然，有個男人靠了過來，把偌大的紙鈔攢在手心故意給那位太太瞥了一眼，壓低聲音對她說，「多少錢我都付，賣我吧！」

「煩不煩哪！」那位太太皺起了眉頭。「就說了這不是拿來賣的呀！」她嚷嚷著把男人趕走了。

緊接著，妻子採取了不妙的舉動。她突然把錢塞進那個太太的手裡。

「這！」

「別！」

「不！」

「快！」

「請！」

下一剎那，幾乎聽不出語意的輕呼聲從兩人口中如火花般接連迸了出來。她們手裡也沒閒著，以目不暇給的速度忙著把錢推過來又推過去。

「人道！」

我沒聽錯，那個太太嘴裡突然迸出了這個詞。

「妳太失禮了。」

我隨即低聲責備了妻子。

這段過程寫起來雖然占了不少篇幅，實際上從妻子掏出錢，接著兩邊火花四濺，然後我介入仲裁，最後妻子不情願地把錢收了回去，前後時間不到五秒。真的快得像電光石火一般，一眨眼就結束了。

根據我的觀察，那個太太雖然堅持「這不是拿來賣的」，但應該是個生意人沒錯，只是不想在火車上販賣而已。我不清楚她是否要把水果帶回自己家裡買給特定的人，總之這些水果絕對是「商品」錯不了。不過，既然她甚至脫口說出「人道」這般可欽可佩的字眼了，我們就不能以做買賣的方式來對待她。

人道。

對於這個太太的心意，我當然必須心懷感激與喜悅，可是於此同時，心底也受到了一絲震撼。

人道。

我不知道該說什麼話向她表達謝意。思忖再三，決定把我帶在身上最寶貴的東西，送給這位太太。現在還剩下大約二十支香菸。我抽出十支，遞給了她。

那個太太並沒有像剛才看到錢時那樣強烈拒絕。我總算鬆了口氣。她在快到仙台的前一個小站下了車。等她下車以後，我向妻子苦笑，悄悄說道：

「人道那兩個字實在太讓我吃驚了。」

這句話彷彿在背地裡挖苦恩人似的。該說是乞丐嘴硬不服輸呢，還是虛榮心作祟呢？這種心態有點像嘗過了美國的烏賊罐頭之後，又小聲抱怨不好吃[3]。

我們的計畫是，先搭這班火車到終點站的小牛田再說。聽說如果搭乘東北幹線的火車，會在離青森市還很遠的地方就被命令下車，而且可以想見幹線火車的車廂必然異常擁擠，我實在沒有自信帶著妻兒鑽過人群。不如換個方式，從小牛田穿越陸地往日本海的方向前進，也就是從小牛田換搭陸羽線火車到山形縣的新庄，接著換搭奧羽線火車北上，過了秋田在東能代站下車，然後改坐五能線火車，也就是說，從青森縣的後面繞過去到五所川原站下車，最後再換乘班次沿著津輕鐵道回到我生長的家鄉，一個名叫金木町的地方。想起來真是前途茫茫，這趟旅程就算順利也得整整耗上三晝夜。幸好得到桃子和番茄的餽贈，至少大女兒今天這一整天的食物有著落了，可是小兒子要是等一下醒過來，又要放聲嚎哭討奶喝該怎麼辦呢？火車還得走上四個多小時才到小牛田吧。就算到了小牛田，應該也快晚上十點了，那麼晚了一定找不到人家願意幫忙我們沖奶粉或煮稀飯。

若是仙台沒遭到祝融之災，我在仙台還找得到兩、三個熟人，可以在那一站下車，請他們盡量幫幫忙。可惜大家都知道，仙台市已經幾乎一半都燒毀了，所以這個辦法也行不通……哎！不管了，小兒子肯定會餓死了！我也活了三十七年，嘗盡各種苦頭，仔細想想，這三十七年簡直一無是處。……我腦中愚蠢的想法千絲萬縷糾纏不清。大女兒正在剝下桃子皮，眼看著小兒子就快醒來，又要鬧脾氣了。

「已經沒東西能給他吃了吧？」

「是呀。」

「要是有蒸糕就好了……」

「蒸糕的話……嗯……我這裡有……」

忽然間，有個不可思議的微弱聲音從天上飄了下來，彷彿回應著我那絕望的祈

3 美國罐頭在當時是昂貴的商品。

求。

我一點也沒誇張。那聲音的的確確就在我的頭頂上。轉身抬頭一看，似乎一直站在我後面的年輕女士正伸長了手要把擺在網架上的白色帆布包拿下來。接著，她把一只裡面好像有很多蒸糕的乾淨牛皮紙包擺到了我的腿上。我沒有作聲。

「嗯……這是中午剛做好的，我想應該可以吃。還有……這是紅豆飯。還有……這是雞蛋。」

牛皮紙包一只接一只堆到了我的腿上。我一句話都沒說，只是怔怔地望著窗外。在夕陽的映照下，紅彤彤的森林宛如正冒出熊熊的火焰。火車停下來，到仙台站了。

「我先下車了。小妹妹，再見。」

那位女士說完，很快就從我座位旁邊的車窗爬出去下車了。

我和妻子都來不及向她道聲謝。

我想找到那位女士，我很想找到她。她年紀約莫二十歲左右，當時身上的服裝是白色短袖襯衫，以及久留米碎白點花紋的束口勞動褲。

如果見到那位女士，我想這樣告訴她。我很想用悔恨的語氣這樣告訴她。

「小姐，感謝您當時出手搭救。那個乞丐就是我。」

《東北文學》昭和二十一年

美男子與香菸

我一路走來，始終是單打獨鬥，如今卻覺得自己隨時可能敗下陣來，心裡愈發惶惶不安。儘管如此，我依然不願意向自己多年來蔑視的那些人低頭認錯，央求讓我成為他們的一員。於是，我只好仍舊獨自一人，啜飲著劣酒，持續進行那一場屬於我的戰鬥。

我的戰鬥。一言以蔽之，那是與因循守舊的人之間的戰鬥，那是與屢見不鮮的矯揉造作之間的戰鬥，那是與顯而易見的阿諛奉承之間的戰鬥，那是與缺乏遠見的事、心胸狹窄的人之間的戰鬥。

我願意向耶和華發誓，為了堅持戰鬥，我已經失去了自己的一切。雖然這樣，我依然只能藉由獨酌來逃避現實，並且眼看著就要敗下陣了。

那些因循守舊之人，心地並不善良。他們厚顏無恥地高談闊論極為陳腐的不知道是文學論還是藝術論，用來踐踏拚命萌芽的幼苗，更可怕的是，從來不曾覺察到自身犯下的罪惡。他們推也推不動，拉也拉不倒，只是一幫由貪生怕死、惜財如命、出人頭地以討妻兒歡心的人所組成的狐群狗黨。他們彼此吹捧，團結一致，欺凌勢單力薄的孤軍。

我快要敗下陣了。

幾天前，我正在某個地方喝著劣酒，恰巧來了三位年長的文學家。他們與我素不相識，卻倏然將我團團圍住，醉言醉語地批評我的小說，而且指摘之處根本錯誤百出。我很重視酒品，喝得再多也絕不願酒後失態，因此當場只笑著聽他們大放厥詞，直到返家吃著遲來的晚飯時才倍覺委屈，忍不住啜泣起來，愈哭愈大聲，終於把碗筷全擱下來嚎啕大哭，向在一旁伺候飯菜的妻子哭訴：

「那些人……那些人……居然把我嘔心瀝血的作品……當成了上不了檯面的東西……那些人是前輩，比我大上十幾二十歲，卻集合起來否定我……太卑鄙了！太狡猾了！……我決定了，既然如此，我也不客氣了，我也要公然批評那些前輩，和他們奮戰到底……他們實在太過分了！」

我就這樣語焉不詳地叨叨絮絮，最後甚至縱聲嚎哭，嚇壞了妻子，連忙勸慰我「去睡覺了，好不好？」並且送我上床。我縮在被窩裡，仍舊滿腹委屈，抽抽噎噎了好長一段時間都停不下來。

唉，活在世上實在沒意思。尤其是男人，活得更是痛苦、更是悲哀。男人的一生無時無刻不在戰鬥，而且非得戰勝不可。

就在委屈痛哭過後的幾天，某家雜誌社的年輕記者來找我，給了一項奇特的提議。

「您想不想去看看上野的流浪漢？」

「流浪漢？」

「對，敝社想拍一些您與流浪漢的合照。」

「我和流浪漢的合照？」

「是的。」

記者鎮定地回答。

為什麼要特地挑上我呢？提到太宰，就想到流浪漢；說到流浪漢，便想到太宰──莫非我和流浪漢之間有這樣的連結嗎？

「我願意去。」

我似乎有個習癖，委屈得泫然欲泣時，反而會基於本能奮發振作，挺身與敵軍抗戰。

我立刻起身換上西裝，催促那個年輕記者快點出發，一起離開了家門。

那是個寒冷的冬晨。我拿手帕摁了鼻水，不發一語地邁著步伐，心情格外沉重。

我們從三鷹站搭上省線列車到東京站，再換搭市營電車。那個年輕記者先帶我去了雜誌社，一帶我進入會客室，立刻拿出威士忌招待。

依我猜想，雜誌社的編輯部想必以為太宰膽子小，如果不喝點威士忌壯膽，根本不敢和流浪漢交談，所以特地費心招待我喝酒。坦白說，那瓶威士忌的味道實在太奇怪了。各式各樣稀奇古怪的酒我都喝過了，絕對不是故意端架子，以示自己只喝昂貴的好酒，但我真的是第一次嘗到渾濁的威士忌。瓶身做工考究，也貼著高級的酒標，但是裡面的酒液卻渾濁不清，可以說是威士忌中的濁酒了。

不過，我還是把酒喝了，而且是咕嘟咕嘟地仰頭飲盡，喝完之後，還向聚到會客室裡的記者們勸酒。但是大家只面帶微笑，沒有人喝。據我所知，那幾位記者多數是酒國英雄，可是沒有一個願意喝。如此看來，就連酒仙也對這威士忌中的濁酒敬謝不敏。

唯獨我一個人喝得醉醺醺，笑著說道：

「你們這樣太失敬了吧？連自己都不喝的古怪威士忌，卻拿來招待客人，豈不是太過分了嗎？」

幾位記者察覺太宰已經喝醉，必須趁他還有幾分酒意之際，盡快讓他與流浪漢見面，也就是俗話說的機不可失，於是他們立刻把我送上汽車，載到上野站，帶我前往被稱為流浪漢巢穴的地下道。

可惜的是，這些記者周詳的計畫似乎稱不上圓滿成功。進入地下道之後，我沒有左顧右盼，徑直邁步向前，就這樣走到接近地下道的出口處，發現有四個少年在烤雞肉串的店家前面抽菸，這一幕情景讓我非常不舒服，於是走上前去對他們說道：

「不許再抽菸了，抽菸只會讓肚子更餓，不許抽！要是想吃雞肉串，我買給你們。」

少年們聽話地扔下抽了一半的菸。四個都還只是約莫十歲的孩子。我吩咐烤肉攤的老闆娘：

「喂，給這些孩子一人一串。」

我對這些孩子產生了特殊的情感。

這樣算是行善嗎？真受不了。我倏然想起瓦樂希說過的話，心裡愈發難受。

假如我當時的行為由庸俗之人看來，多多少少是一種體貼的舉動，那麼即便瓦樂希對我嗤之以鼻，我也無話可說。

瓦樂希曾經說過——在行善的時候，心中必須常懷歉意。因為世上最傷人的莫過於善意。

我心裡彷彿染患了風寒那般不舒服，垂頭喪氣地大步走出了地下道。

四、五名記者從後面追了上來，其中一位問我：

「您有什麼感覺呢？這裡和地獄沒兩樣吧？」

另一人緊接著問道：

「總之，這裡像另一個世界吧？」

又有一位追問：

「您很訝異吧？感想如何？」

我哈哈笑道：

「地獄？怎麼可能。我一點也不訝異。」

我邊說邊走向上野公園，話漸漸多了起來。

「其實，這一路上我什麼也沒看到，滿腦子想的都是自己的痛苦，只看著正前方快步穿過了地下道。不過，現在我終於明白你們為什麼特地挑上我來看這條地下道了。肯定是因為我是個美男子。」

眾人大笑起來。

「不，我不是在說笑。你們也許沒注意到。我雖然一路直行，仍然發現到那些窩在陰暗角落裡的流浪漢，幾乎都是相貌端正的美男子。換句話說，美男子比別人更有機會淪落到住在地下道。你也是個膚色白皙的美男子，危險喔，得多加小心。我也會小心的。」

他們又爆出了大笑。

那些人就是像這樣趾高氣昂，不管別人說什麼依舊自以為是，等到回神過來，赫然驚覺自己已經窩在地下道的角落裡，不再是個像樣的人了。我單是這樣快速穿過地下道，依然真真切切地體悟到那種令人寒毛直豎的感覺。

「除了那些人都是美男子之外，您還有其他的發現嗎？」

我回答他們：

「還有香菸。那些美男子看起來都不像是醉鬼，但是幾乎都抽菸。香菸其實不便宜，如果有錢買菸，應該買得起一張席子或是一雙木屐，可是他們都光著腳板直接躺在水泥地上，就這樣吞雲吐霧。人們……應該說這年頭的人，縱使墜落萬丈深淵、全身上下一絲不掛，依舊堅持當個癮君子。其實我沒資格指責別人，因為我似乎可以感同身受。照這樣看來，我住進地下道的機會又大增了。」

我們走到了上野公園前方的廣場。剛才那四個少年正在冬日正午的陽光中開心地玩耍。我不自覺地向那群少年走去。

「請停一下、請停一下！」

一位記者將相機舉向我大喊，拍下了照片。

「這次請笑一笑！」

那名記者從鏡頭後面又喊了一句。其中一個少年看了我，笑著說：

「這樣面對面互看，忍不住要笑出來哩。」

我也跟著他笑了。

天使在神的旨意下失去雙翼，宛如降落傘一般，從空中翩翩飄落到世界的各個地方。我降落在北國的雪地，你降落在南國的橘園，而這群少年降落在上野公園。我們之間的差異僅僅是這樣而已。少年啊，你們要快快長大，但絕對不要在意自己的容貌，也不要抽菸，除了節慶之外也不要喝酒。還有，請永遠愛個性內向又有點漂亮的女孩。

附記

之後，記者將當時拍下的照片送來給我。除了我和流浪兒相視而笑的照片，還有一張我蹲在流浪兒前面握住其中一人的腳、姿勢相當奇怪的照片。假如這張照片日後刊在雜誌上，讀者恐怕會對我不屑，誤以為太宰是個假惺惺的傢伙，故意擺出《約翰福音》裡耶穌為門徒洗腳的動作，所以想先在這裡解釋一下。其實我只是好奇這些平常都是赤足走路的孩子的腳底是什麼樣子，才會做出那樣的舉動。

再多說一樁有趣的插曲。這兩張照片送來以後，我喚來妻子告訴她：

「這就是上野的流浪漢。」

妻子一臉嚴肅地仔細端詳著照片，並且說道：

「哦，原來這就是流浪漢呀？」

我循著她的視線看去，頓時大驚，立刻叱道：

「妳看到哪裡去了？那個人是我啦！妳連自己的丈夫都認不出來嗎？流浪漢是另一位才對。」

妻子的性格極為嚴肅，不懂得詼諧逗趣。看樣子，她是真的把我誤認成流浪漢了。

《日本小說》昭和二十三年

眉山

這個故事發生在政府下令所有餐廳一律停止營業之前。

新宿一帶同樣受到這次戰火的波及，不少地方都燒毀了。不意外地，在一片廢墟中，最早復業的是酒館。位於帝都座[1]後面那棟兩層樓建築就是其中一家，店號是若松屋。雖是趕工蓋完的，倒也有模有樣，不像臨時搭建的木板房。

「如果沒有那個眉山在，若松屋真是個好地方。」

「Exactly！那傢伙太煩人了，根本是個fool！」

我們抱怨歸抱怨，仍然差不多每三天就去一趟若松屋，在位於二樓的六張榻席大的包廂裡喝得爛醉，最後橫七豎八地在那裡呼呼大睡。我們在那家店享有特權，可以通融賒欠，事後補款。理由很簡單，我位於三鷹的住家附近有一家店號同為若松屋的魚鋪，老闆和我是多年的酒友，和我家裡人也都熟識。魚鋪老闆告訴我，「我姊姊以前在築地開酒館，最近搬到新宿重新開張，你去捧捧場吧。她聽我說了不少你的事，算是認識了，即使喝醉睡在那裡也沒關係。」

我一聽完立刻光顧，喝得醉醺醺的，就這樣待在那裡睡了一晚。魚鋪老闆的姊姊年約五十，性情豪爽。

對我來說，最大的好處是能夠賒帳。每逢招待貴客，我多半帶去那家店。我忝居小說家之列，按理說，來客應以小說家居多，實際上來找我的人有畫家也有音樂家，唯獨小說家少之又少，不，甚至可以說幾乎沒有。然而，新宿那家若松屋的老闆娘卻兀自認定我帶去的客人全都是小說家，尤其那家店有個名叫小年的女侍，自稱從很小的時候就寧願看小說而不必吃飯，每回我帶著客人走上二樓包廂時，她總是滿臉好奇地問我這是哪一位？

「作家林芙美子[2]。」

其實那是一位長我五歲的禿頭西洋畫家。

「咦，可是……」向來誇口自己一讀起小說就茶飯不思的小年，臉色慌張地向我確認，「林作家是男士嗎？」

「是啊。還有位老先生名叫高濱虛子[3]，另外也有個蓄著短鬍子的紳士名叫川

1　當時位於東京都新宿區的電影院與劇場。
2　林芙美子（一九〇三―一九五一），日本女性作家暨詩人。
3　高濱虛子（一八七四―一九五九），日本男性小說家暨俳人，本名為高濱清。

端龍子[4]。」

「他們都是小說家？」

「嗯，是啊。」

從那天起，那位西洋畫家在新宿的若松屋就被稱為林作家了。其實他是隸屬於二科會[5]的橋田新一郎先生。

有一次，我和鋼琴家川上六郎先生相偕前往若松屋二樓的包廂。我下樓如廁時，小年端著酒壺站在底下的樓梯口問我：

「那一位是誰？」

「妳真煩哪，是誰又與妳何干！」

我實在被她煩透了。

「告訴我嘛，他是誰？」

「他姓川上啦！」

我動了怒，沒和往常一樣開玩笑，脫口說出他的本名。

「喔，我知道了，他是川上眉山[6]！」

她的極端無知並沒有讓我覺得詼諧，反而激得我火冒三丈，簡直想揍她一頓，終於忍不住朝她吼了一聲：

「蠢貨！」

那天過後，我們在面前照樣喚她小年，但是私底下給她起了個眉山的綽號。後來甚至有人由此延伸，戲稱若松屋為眉山軒。

這個眉山姑娘年約二十上下，身矮膚黑，臉扁眼小，簡直找不出一項優點，唯獨眉型是細細長長的一弧彎月，十分好看，與這個眉山的綽號格外貼切。

不過，她的無知、厚臉皮和喜歡湊熱鬧的缺點，實在讓人難以忍受。即使樓下有客人在，她依然頻頻找藉口上二樓鑽進我們的包廂，而且明明什麼都不懂，偏要自信滿滿地插嘴。舉例來說，有一次是這樣的。我們之中某個人提到：

4 川端龍子（一八八五—一九六六），日本男性畫家暨俳人，本名為川端昇太郎。

5 一九一四年，日本的民間美術團體組成了二科會並舉辦二科展，以有別於官方舉辦的文部省美術展覽會。

6 川上眉山（一八六九—一九〇八），日本小說家。

「可是，所謂的基本人權——」

「嗄？」眉山立刻插嘴，「那是什麼樣的？是美國生產的嗎？什麼時候配給？」

原來她把「人權」誤聽成「人絹」[7]了。由於太過荒謬，在場的人覺得很掃興，紛紛皺起眉頭，沒有人笑得出來。

只有眉山一個人滿臉笑容，一股勁地追問：

「你們怎麼都沒人要告訴我呀？」

「小年，樓下好像有客人上門了。」

「沒關係呀。」

「妳怎麼能說沒關係呢……」

眉山愈來愈惹人不悅了。

「那丫頭是不是白痴啊？」

我們趁眉山不在場的時候大吐苦水。

「實在說不過去。這家店本身倒是不錯，唯一的敗筆就是那個眉山。」

「她挺自以為是的，渾然不覺大家對她的嫌惡，還當自己在我們這個圈子裡頗受歡迎……」

「哇，真受不了！」

「不，這話或許有極高的真實性。聽說那丫頭是貴族……」

「什麼？這麼稀奇的事倒是初次耳聞。是眉山仙女親自布達的神諭嗎？」

「那當然！那丫頭就因為所謂的貴族身分，鬧了個天大的笑話。不曉得是誰騙那丫頭說，真正的貴婦小解時是不蹲下的，結果那個傻瓜居然依樣畫葫蘆，如廁時簡直一片尿海，濺得滿地都是，事後還矢口否認是自己弄髒的。這家店和後面那家水果行共用一間廁所，惹得水果行老闆大發雷霆，登門向樓下的老闆娘抗議，一口咬定是我們這群人喝醉之後的殘局，害我們蒙受不白之冤，百口莫辯。可是，我們就算爛醉如泥，也不可能把整間廁所弄得像洪水氾濫，愈想愈奇怪，經過多方探查，最後才查出原來是眉山。那丫頭很乾脆地向我們坦承就是她，還責怪問題出在廁所蓋得不方便使用。」

7 「人絹」即為人造絲。日語「人權」與「人絹」發音相同。

「所謂的貴族又是怎麼回事？」

「大概是時下流行這樣往臉上貼金吧？聽說眉山的老家是靜岡市的望族……」

「望族？那丫頭真是花招百出。」

「聽說她的住家大得不得了，可惜在戰火中燒得片瓦不留。說什麼和帝都座一般大，令人咋舌。我進一步詢問，原來是一所小學。眉山的父親是那所小學的工友。」

「說到這裡，我也想起一件事了。那丫頭爬樓梯時總是發出很大的噪音，上樓時砰砰砰，下樓時簡直快滾下去似的嗒嗒嗒。最討厭的就是她嗒嗒嗒奔下樓衝進廁所時啪地一聲甩上門的聲響了。都是她害我們蒙受了不白之冤。那道樓梯底下有個房間，老闆娘的親戚來東京動牙齒手術時就住在那裡。砰砰砰、嗒嗒嗒的震動讓那個親戚的牙疼痛上加痛，忍不住向老闆娘抱怨說自己快被二樓那群客人給殺死了。我們這群伙伴當中，根本沒有任何一個人會用那般粗魯的步伐上下樓，可是老闆娘還是找上我，要我轉告其他人記得放輕腳步。我覺得很冤枉，於是告訴老闆娘一定是眉山，不，是小年那樣蹦蹦跳跳的，沒想到眉山在一旁聽到了，露出驕傲的笑容辯稱她從小就被教育上下樓梯時必須一步一步用力踏穩。我聽得簡直不敢置信，女人為了膚淺的虛榮居然不惜說假話，後來轉念一想，如果是學校老師教的，那就算不上說假話了，畢竟小學校舍的樓梯蓋得非常堅固呀。」

「愈聽愈惹人討厭。我們明天就換個聚會基地吧，是時候了，再另外找個祕密據點吧。」

大家一致決定，到處探尋別的酒館，到頭來還是回到了這家若松屋。畢竟這裡可以賒帳，還是來若松屋聚會方便多了。

第一次是跟著我來到這家店的那位禿頭的「林作家」、實際上是西洋畫家的橋田先生，後來經常一個人上門，成了這裡的老主顧。其他還有兩、三個人，後來也同樣成為若松屋的常客。

天氣漸漸變得暖和，櫻花即將綻放。一天，我和前進座[8]的年輕演員中村國男約在眉山軒商量事情。說穿了是幫他作媒，但是有些細節必須詳談，如果到我家，

8 日本的歌舞伎劇團。

就得壓低嗓門才好商量，不如到眉山軒碰面，就能扯開喉嚨盡情暢談了。中村國男那時已光顧過幾次眉山軒了，而眉山誤認他是中村武羅夫[9]先生。

我踏進店裡，沒看到「中村武羅夫先生」，但是被當成「林作家」的橋田新一郎先生正坐在三合土地面的桌座獨酌，止不住笑意。

「剛才那一幕實在太壯觀了！眉山一腳踏入味噌堆裡。」

「味噌？」

我望向手肘抵在櫃台上拄著一側面頰的老闆娘。

老闆娘非常不高興地眉頭深鎖，無奈地朝我笑著說：

「那孩子急驚風的脾氣，真不知道該從何說起哪。頂著一張慘白的臉從外頭衝回來，就這麼踩到底了。」

「踩上去了嗎？」

「是呀，我才剛把今天配給的味噌領回來，像座小山似地盛在漆盒裡。也怪我擺的地方不對，但沒想到就這麼不偏不倚地一腳扎了進去。這還沒完，她把腳從味噌堆裡拔出來以後，還馬上躡著腳尖去了廁所。再怎麼憋不住，總不至於急成那副德行嘛。廁所滿地都是味噌泥腳印，這讓客人怎麼想呢？……」說到這裡，老闆娘笑得更大聲了。

「廁所裡有味噌的印子，確實不妙。」我忍住笑意，接著說道，「不過，幸好那腳印是走向廁所的，如果是從廁所裡走出來的腳印，那就無法忍受了。眉山的尿海可是人人皆知，要是她真的從廁所裡一路踩出髒腳印，味噌泥也成了如假包換的糞泥了。」

「真不知道那孩子是怎麼回事。總之，那些味噌全糟蹋了，剛才吩咐小年拿去扔掉了。」

「全都扔了嗎？老闆娘，這可事關重大喔。我們經常會在這裡吃早飯呢，為求保險起見，還是得問個清楚才行。」

「當然全都扔了！要是還不放心，以後我們小店乾脆把味噌湯從菜單撤掉。」

「那是再好不過。……小年呢？」

9 中村武羅夫（一八八六—一九四九），日本編輯、小說家暨評論家。

「正在井邊洗腳。」橋田先生接口道，「總之，那幕景象真是壯烈無比。我親眼目睹了。踐踏味噌的眉山。應該可以改編成吉右衛門[10]的拿手好戲。」

「不，這沒辦法改編成戲碼，還得準備味噌當舞台道具，太麻煩了。」

橋田先生那天有事，說完話就離開了。我走上二樓，「中村武羅夫先生」正等著我。

那位踐踏味噌的眉山端著酒壺，踩著砰砰砰的腳步聲上樓來了。

「妳是不是哪裡不舒服啊？別靠過來，太髒了。怎麼老是往廁所跑呢？」

「才沒有！」眉山開心地笑了。「我呀，小時候人家都說小年看起來白淨淨的，像是從來都沒進過廁所那種髒地方呢。」

「是啊，聽說妳是貴族嘛。……不過，我老實說，不論任何時候看到妳，都像是剛上完廁所出來的模樣……」

「哎呀，您真壞！」眉山沒有生氣，依然笑得很開心。

「妳有一回上完廁所沒把反折上去的外褂衣襬放下來，就這樣端著酒壺送上樓。以文學修辭來說，那叫一目了然。用那種模樣幫客人斟酒，太失禮了。」

「您怎麼老提那種事嘛！」眉山的表情顯然並不在意。

「喂，妳太不衛生了，居然在客人面前摳腳趾甲裡的汙垢！我們好歹是這家店的客人哩！」

「咦，可是您們不也是這樣摳的嗎？每一位的腳趾甲都好乾淨呀。」

「我們可不是在這裡摳的啊！妳從實招來，到底有沒有上澡堂？」

「人家有去嘛！」眉山給了個不置可否的回答，旋即換了話題，「我剛才去了書店，買了這本回來喔！您的大名也在上頭呢！」說著，她從懷裡掏出最新一期的文藝雜誌，翻過一頁又一頁，看來是忙著找出印有我名字的那一頁。

「住手！」

我實在受不了，氣得開口怒叱，恨不得痛揍她一頓。

「那種東西不值得看！妳根本什麼都不懂！沒事買那玩意做什麼，浪費錢！」

「可是，上面有您的大名呀……」

10　這裡指日本歌舞伎演員第一代中村吉右衛門。

「我倒想問問，難道只要上面印有我名字的書，妳每一本都要買回來嗎？辦不到吧？」

明知道是強詞奪理，但在氣頭上的我已經顧不得那多了。那本雜誌我也拿到贈書了，而且知道上面刊載著不分青紅皂白，胡亂批評我小說的評論。一想到眉山用她那副滿不在乎的表情閱讀那篇文章……不對，那並非唯一的原因。我完全無法忍受自己的名字和作品，遭到眉山那種人一分一毫的糟蹋。不對，這個理由也不盡然。說不定宣稱一讀起小說就茶飯不思的那些人，多半都和眉山一般低俗，然而作者卻沒發現自己揮汗疾書，連妻兒都跟著受累，一切的奉獻竟是為了那樣的讀者，我的胸口頓時湧上了一股連哭都哭不出來的萬分懊悔之情。

「反正妳快把那本雜誌收起來，不收起來我就揍妳！」

「對不起嘛。」說著，眉山仍然嘻皮笑臉地補問一句，「不看就沒事了吧？」

「妳看，會買那種雜誌就證明妳是個笨蛋！」

「哎，我可不是笨蛋，我是小朋友喔！」

「小朋友？妳嗎？什麼話！」

我再也沒法和她說下去，打從心底討厭她。
幾天過後，我由於飲酒過量而忽然生了病，在床上躺了十天左右，好不容易才康復，馬上就到新宿找酒喝了。
那是黃昏時分。我剛步出新宿車站，有人拍了我的肩。回頭一看，是那位被當成「林作家」的橋田先生帶著微醺的笑意站在我面前。
「要去眉山軒嗎？」
「是啊，要不要一起去？」我邀了橋田先生同行。
「不了，我剛才去過了。」
「再去一趟也無妨嘛。」
「聽說您身體微恙……」
「已經不礙事了。我們走吧。」
「那好吧。」
橋田先生的反應和往常不同，似乎不太願意和我一同前往。
我們在巷弄間穿梭。我裝作隨口問問的口吻詢問他：

「那個踐踏味噌的眉山，還是老樣子嗎？」

「她不在了。」

「什麼？」

「我今天去店裡，她不在了。離死期不遠了。」

我大為震驚。

「老闆娘剛才告訴我，」橋田先生神情嚴肅地說道，「原來那孩子患了腎結核病。當然，老闆娘和小年本人都沒有發現，只是因為她實在太常如廁小解了，老闆娘於是帶小年上醫院讓醫生看看，結果才發現是這種病，而且她兩邊腎臟都壞了，已經來不及動手術，剩下的日子恐怕不多了。老闆娘沒讓小年知道自己的病情，只把她送回靜岡老家的父親身邊。」

「這樣啊。……她還在的時候，是個好女孩哪。」

我嘆了一口氣，不自覺地脫口說出這段話，隨即察覺這話似乎帶有詛咒之意，不禁狼狽得想捂住自己的嘴巴。

「她還在的時候，是個好女孩哪。」橋田先生感慨萬千地複誦了我的話。「這年頭像她那樣好脾氣的女孩，實在不多見。她真的盡心盡力地服侍我們。我們喝醉睡在二樓的時候，不管是凌晨兩點還是三點醒來下樓，只要喊一聲『小年，拿酒來』，她總是立刻回話『馬上來』，即使夜裡凍寒她也從不嫌煩，一骨碌爬出被窩為我們送酒上來。那樣的女孩，真的不多見。」

我為了不讓盈眶的淚水淌下來，趕緊換個話題：

「話說回來，那個『踐踏味噌的眉山』的稱號是您取的吧？」

「我覺得對她很過意不去。據說腎結核病的症狀是尿頻，難怪她會因為急著上廁所而一腳踏進味噌堆裡，還有簡直快滾下去似地衝下樓。」

「眉山的那片尿海也是這個原因？」

「那當然！」橋田先生對我語帶調侃的問話顯得有些生氣。「她可不是模仿貴族站著小便，而是想在我們身邊多待一會兒，一直拚命忍著不去廁所才會那樣！上樓梯時砰砰砰的沉重腳步聲，也是因為生病疼痛的緣故。儘管如此，她還是忍著難受，為我們盡心盡力。我們每個人都添了她不少麻煩哪。」

我站在原地，後悔得要命。

「去別的地方吧。我沒辦法在那裡喝酒了。」

「我贊成。」

就從那一天起，我們當即換了聚會的基地。

《小說新潮》昭和二十三年

Goodbye

變心（一）

某位文壇大老辭世了。告別式結束之後，開始下起了雨。一場早春的雨。

兩名男子共撐一把傘離開了會場。他們均是基於同行之誼而前去致哀，然而此時卻聊起了女人。兩人在這悼念的回程上談論這樣的話題，可謂非常不恰當。身穿印有家徽和服、年約五十的高壯男子是文人，另一位較其年輕許多、戴著圓框眼鏡、穿著條紋西褲的英俊男子則是編輯。

「聽說……」文人說道，「那傢伙性喜女色。我看你這副憔悴的模樣，差不多也該收心了吧？」

「我最近正打算全部斷絕往來。」那個編輯紅著臉答道。

這位文人向來言談低俗又露骨，一直以來，那位英俊的編輯總是對他敬而遠之，無奈今天沒帶傘，不得已只好借躲在文人的蛇眼傘[1]之下，以至於受到了這番刺耳的指責。

編輯說自己打算全部斷絕往來，並不是敷衍之詞。

有些事漸漸發生了變化。自從三年前戰爭結束以來，許多事都變得不一樣了。三十四歲的田島周二是《方尖碑》雜誌的總編輯，說話的口音略帶關西腔，幾乎不曾提過自己的家世背景。他精明幹練，《方尖碑》的編輯身分只是對外的掩飾，事實上他真正的工作是仲介黑市交易，從中賺取暴利。如同俗話說的，不義之財留不住，傳聞他揮霍豪飲，甚至包養將近十個情人。

然而，他並不是單身漢，非但已有妻室，現在的妻子還是續絃。他的第一任妻子罹患肺炎，撒手人寰，身後留下一個智能不足的女兒。妻子過世時正值戰爭期間，他賣了東京的房子，疏散到埼玉縣的友人家，結識了現任妻子，經過追求之後結了婚。現任妻子當然是第一次出嫁，娘家務農，相當富裕。

戰爭結束後，他將妻女託付給岳家，隻身回到東京，在市郊租下一間公寓作為棲身之處。不過，那地方只用來睡覺，他四處奔波，施展能幹的手腕，掙了不少錢。

1 紙傘，傘面為蛇眼紋路，中央與外緣的顏色為黑、紅或深藍，中間留下白色環狀。

三年過去，他的心境漸漸有所轉變。也許是這個社會起了微妙的變化，抑或是他縱慾過度導致形銷骨立，不不不，或者單純只是由於「上了年紀」罷了，……總之，他的思鄉之情與日俱增，感嘆色即是空，不再視美酒如甘霖，盤算著買下一間小房子，將鄉下的妻女接來身邊共享天倫之樂。這樣的念頭愈來愈頻繁地在腦海裡閃現。

該是金盆洗手的時候了。往後不再仲介黑市買賣，專心當個雜誌編輯。至於那方面……

至於那方面，正是眼下的難題。首先，必須妥善地與那些女人分手才行，可是每次一想到這裡，精明的他也想不出任何好方法，只能連連嘆氣。

「打算全部斷絕往來……」高壯的文人撇嘴苦笑，「這樣做是對的。不過，你到底有幾個女人啊？」

變心（二）

田島一臉哭喪，愈想愈覺得單靠自己的力量，實在無法善後。假如花錢即可解決，那就好辦了，但是那些女人絕不是用錢就能打發得了的。

「現在回頭想想，我簡直像著了魔似的，居然和那麼多女人在一起……」

他突然想把內心的苦衷全都告訴這位亦非善類的中年文人，請教有何對策。

「沒想到你居然這麼勇敢地說出實情。話說回來，一般而言，多情種子總是特別恪守道德分際，而這一點看在女人眼裡更是別具魅力。一個男人若是長得英俊，多金又年輕，再加上品行端正，自然備受青睞。即便你斷絕往來，只怕對方不肯放手吧。」

「就是這樣才棘手。」田島拿出手帕抹臉。

「你該不會在哭吧？」

「我沒哭。只是因為下雨天，鏡片起霧了……」

「不對，你的聲音分明帶著哭腔。真是個情感充沛的英俊男子啊。」

田島仲介黑市交易，根本談不上仁義道德，但正如這位文人所說的，他雖然風流多情，對女人卻是有情有義，那些女人也因此對他掏心掏肺，甘願和他在一起。

「您可有良策？」

「沒有。我看，你還是去外國待個五、六年再回來吧。問題是，現下的局勢，想出國可不容易。倒不如把那些女人全都找來齊聚一堂，讓她們唱一首〈驪歌〉，不對，應該唱〈青青校樹〉比較好，接著由你為她們逐一頒發畢業證書，然後假裝發瘋了，脫光全身的衣物衝出門外，裸奔逃跑。如此一來，那些女人肯定嚇得呆若木雞，從此對你死心。」

文人的建議根本毫無助益。

「不好意思，我要在這裡搭電車，請恕失陪了……」

「哎，急什麼，陪我走到下一站吧。此事非同小可，還是一起商量對策為宜。」

文人這天閒得發慌，不肯輕易放走田島。

「不敢勞駕，我自己想辦法……」

「不行不行，你一個人解決不了。該不會打算自盡吧？我很擔心。假如一個人尋死的理由是因為蒙受女人的青睞，那可不是悲劇，而是喜劇了，……不對，應該叫鬧劇，簡直滑天下之大稽，誰都不會寄予同情，我勸你還是放棄輕生的念頭。唔，我想到一招妙計了！你去找個舉世無雙的大美人，和盤托出實情，請她冒充妻子，帶著她逐一拜訪你的情人，一定會發揮極大的效果。那些女人見了她，就會知難而退。如何，要不要試一試？」

所謂病急亂投醫。田島對這個提議不禁有些心動。

行動（一）

田島決定放手一搏。但又遇上了一道難題。

舉世無雙的大美人。如果要找的是舉世無雙的大醜婦，大約一站電車的距離之內，就可以輕輕鬆鬆發現三十個。問題是，在真實的世界裡，真能找得到傳說中舉世無雙的大美人嗎？

田島向來以美男子自居，注重穿著又好面子，每回與姿色平庸的女子同行時，就會謊稱腹痛而避走他處，實際上，他現在的那些情人也個個都是美女，只是還稱不上是國色天香。

那個雨天，從不是善類的中年文人口中胡謅出來的所謂「妙計」，他一開始也斥為無稽，可是自己實在想不出更好的辦法。

姑且一試。說不定他這一生中注定真能巧遇一個舉世無雙的大美人。眼鏡底下的那雙眼睛，開始居心不良地東張西望起來。

他看遍舞廳、咖啡廳，以及專供招妓狎遊的酒館，連一個像樣的都沒有，放眼望去盡是醜婦。他進入辦公室、百貨公司、工廠、電影院、脫衣舞廳，根本不可能找得到。他又到女子大學校園低矮的圍牆外偷窺，還闖進選美皇后的會場，甚至假藉參觀名義混入電影新秀的試鏡地點，上天下地到處找人，仍然毫無斬獲。

怎料獵物竟在他回家的路上出現了。

那時的田島開始感到絕望，愁容滿面地走在黃昏的新宿車站後方黑市買賣的集散地。他已經提不起興致與那些情人幽會，甚至一想起她們就冷汗直淌，愈發堅定必須分手的決心。

「田島先生！」

冷不防背後傳來一聲叫喚，嚇得他險些跳了起來。

「呃……您是哪一位？」

「哎呀，您貴人多忘事！」

那聲音難聽得像烏鴉叫。

「我認識您？」

他定睛一瞧，這才發現難怪自己認不出來。

他認識這個女人，她是個黑市商人，嚴格來說，是個販賣配給物資的行商。他只和這個女人做過兩、三次黑市交易，但是她那如同烏鴉一般的嗓音，以及驚人的蠻力，讓他留下了深刻的印象。這個女人身材纖瘦，卻能輕易揹起將近四十公斤的重物。她的上衣又破又舊，還飄出一股魚腥味，底下套著束口勞動褲和長筒橡膠雨鞋，簡直雄雌難辨，像個乞丐似的。講究衣著的他，每次和這個女人做完生意之後，總是趕緊將手洗乾淨。

眼前的她卻是個令人眼睛一亮的灰姑娘！那襲洋裝的樣式也十分高雅。她身材苗條，手腳小巧，看起來只有二十三、四，不對，二十五、六歲的年紀，帶著一抹愁容的臉蛋如梨花一般雪白，確實是個高貴的絕世美女，哪裡還是那個輕易揹起四十公斤重物的行商呢。

美中不足的是她的聲音，但只要閉緊嘴巴不開口就沒問題了。

這女人可以派得上用場。

行動（二）

俗話說，「人要衣裝，佛要金裝」，尤其是女人，只要換件衣裳，就能變了個人似的。說不定女人本來就是妖精。不過，能夠像這個女人（她的名字是永井絹子）這樣變成截然不同的另一個人，實在相當罕見。

「看樣子，妳攢了不少錢，這身打扮特別漂亮。」

「哎呀，你這張嘴真甜。」

她的聲音實在太難聽了。頃刻間，高貴的氣質蕩然無存。

「有件事想託妳幫忙。」

「你這小氣鬼，又想討價還價了……」

「不，我不是要和妳談生意。我已經打算金盆洗手了。妳還在老本行？」

「那還用問嗎？不做老本行，上哪兒賺錢餬口啊！」

她開口講的每一句話都很粗俗。

「可是，妳這身打扮，不像還在那一行呀？」

「我好歹是個女人，偶爾也想穿得漂漂亮亮的去看場電影嘛。」

「今天是去看電影？」

「對，已經看完了。那個叫什麼來著，《走步旅記》嗎……」

「應該是《徒步旅記》吧。妳一個人？」

「哎呀，問那麼多做啥。我怎麼會跟男人一起去嘛。」

「我早猜到是這樣，才會請妳幫忙。我們談一談，借用妳一個小時，不，三十分鐘就夠了。」

「我能拿到好處？」

「不會讓妳吃虧。」

兩人於是相偕而行。與他們錯身而過的人，十之八九會回頭多看幾眼，看的不是田島，而是絹子。英俊的田島在氣質高貴無比的絹子身旁，顯得微不足道。

田島帶著絹子來到一家經常光顧的黑市餐館。

「這裡有什麼招牌菜嗎？」

「這個嘛，炸豬排應該算得上是招牌菜吧。」

「來一份吧，我肚子餓了。還有其他菜色嗎？」

「妳說得出來的，這裡幾乎都有。想吃什麼？」

「我想吃這裡的拿手菜。除了炸豬排，沒別的了嗎？」

「這裡的炸豬排很大一塊喔。」

「小氣鬼，問你沒用。我去廚房問問。」

蠻力驚人，食量也驚人，這樣的女人居然是個大美人。絕不能讓她給溜了。

田島喝著威士忌，望著絹子臉不紅氣不喘地把食物源源不絕送進嘴裡，心情簡直惡劣到了極點。他強抑心裡的不滿，把想拜託絹子的事情說給她聽。絹子只顧吃個不停，一副事不關己的樣子，看不出來有沒有把他講的話聽進去。

「妳會答應吧？」

「你這個笨蛋，太沒出息了！」

行動（三）

田島沒有想到對方說話如此尖銳，頓時有些畏縮，仍然鼓起勇氣請託。

「沒錯，我承認自己沒出息，所以才求妳幫忙。我現在進退兩難。」

「何必那麼麻煩，玩膩了就甩掉，不再見面不就得了！」

「我做不出那麼絕情的事。她們以後或許會結婚，又或許會有新的情人，我必須讓她們徹底斷了對我的感情，這是身為男人應該承擔的責任。」

「噗！這是哪門子責任？我看呀，你表面上說要分手，其實心裡打的主意是還想藕斷絲連吧？瞧你一副色瞇瞇的嘴臉。」

「喂喂喂，妳說話再這樣不客氣，我要翻臉了。講話得有個分寸，妳光知道吃東西。」

「這家店不曉得賣不賣甜栗泥？」

「還沒吃夠？該不會有胃擴張的毛病吧？我勸妳還是去找個醫生看看才好。妳從踏進這裡已經吃了那麼多，別再吃了。」

「你真小氣，女人這樣的飯量很正常啊。那些千金小姐吃不到兩口，就推說飽了吃不下了，其實只是故意裝出嬌滴滴的模樣，討男人的歡心而已。我啊，再多都吃得下。」

「吃成這樣也該夠了吧，這家店可不便宜。妳平時的飯量難道也那麼大？」

「怎麼可能！只有別人請客的時候才能大吃特吃。」

「那麼只要妳肯幫我這個忙，以後想吃多少，都由我買單。」

「可是，幫你忙，我就不能出門賺錢，太吃虧了。」

「這部分我會另外付錢。按妳平常的收入金額，每次都會付錢補償。」

「我只要跟在你後面走就行了？」

「對，不過妳還得遵守兩條規矩。首先，在那些女人面前，一句話都不要說，這點一定要牢牢記住。頂多可以笑一笑，點點頭和搖搖頭，其他動作都別做。另外就是，不要在別人面前吃東西。我們兩個單獨見面時，隨妳愛怎麼吃都成，可是在其他人面前，最多只能喝一杯茶。」

「除了請客，你還會給錢吧？你這個小氣鬼，可不能說話不算話！」

「儘管放心，我現在是認真的。這事若是沒處理妥當，我就身敗名裂了。」

「這叫腹水一戰吧。」

「腹水？笨蛋，是背水一戰啦！」

「咦，是哦？」

絹子一臉不在意。田島暗自叫苦不迭。話說回來，她真的很美，氣質凜然脫俗。

炸豬排、炸雞肉餅、生鮮鮪魚切片、生鮮烏賊切片、中華麵、烤鰻魚、什錦火鍋、烤牛肉串、魚片飯糰拼盤、蝦仁沙拉、草莓牛奶。

吃完了這些，她還想吃甜栗泥？不可能每個女人的飯量都那麼大。慢著，莫非真如她所說的……

行動（四）

絹子的公寓位於世田谷。她說上午時段要出門做行商買賣，通常下午兩點以後就有空了。田島與她說定，每星期挑一天雙方都方便的日子，打電話約妥見面的地點，兩人會合之後再一起去找田島要分手的情人。

就這樣，幾天後，兩人的第一個行動是去位於日本橋某家百貨公司裡的美容院。

前年冬天，講究外貌的田島偶然來到這家美容院燙了頭髮。那家店有個美髮師姓青木，年約三十，在戰爭中失去了丈夫。田島當時並未刻意搭訕，而是青木主動追求田島。她每天從那家百貨公司設在築地的員工宿舍到日本橋的美容院上班，收入勉強夠她一個人過活。兩人交往後，田島會補貼一些生活費，宿舍裡的人都知道他和青木是一對。

即使兩人已公開在一起，但田島幾乎不曾再去日本橋青木工作的美容院。他的考量是，像自己這樣出眾的英俊男子如果經常到店裡，一定會影響她的工作。

然而這一天，他卻在毫無預警之下，帶著一個大美人在青木的美容院現身。

「妳好。」田島刻意客套地打了招呼。「今天帶內人來光顧，我從疏散地將她接來了。」

這寥寥數語已經達到了田島的目的。聰慧的青木眉清目秀又膚色白皙，同樣頗具姿色，但是和絹子站在一起，簡直是天壤之別。

兩位美人僅以眼神相互問候。幾乎快哭出來的青木面露卑微之色。兩人勝負已定。

如前文所述，田島對女人有情有義，從未欺騙任何一個女人自己是單身，向來在交往之初就坦承自己的妻女在鄉下避難。現在，這位妻子終於回到了丈夫身邊，而且這位夫人還是如此年輕高貴，富有教養的絕世美女。

即便青木明知自己有幾分姿色，此刻能做的也只有忍住眼淚。

「麻煩幫內人換個髮型。」田島乘勝追擊，使出致命的一擊，「聽說放眼整個銀座，也找不到手藝比妳好的美髮師了。」

這句話倒不是出自客套，青木確實是一位技藝精湛的美髮師。

絹子在梳妝鏡前落坐。

青木為絹子圍上白色的披巾，鬆開她盤攏的頭髮，眼眶中淚水滿盈。

絹子一派泰然自若。

田島則離開了美容院。

行動（五）

就在絹子的髮型燙整完畢時，田島又翩然踏進美容院，將厚達一寸的整疊紙鈔輕輕塞進這位美髮師潔白的工作外套口袋，並且懷著近乎祈禱的虔誠心情，在她耳畔輕聲道別：

「Goodbye.」

這一聲溫柔而哀傷，既像安慰又似致歉的話語，連他自己也感到意外。

絹子不發一語，站了起來。青木也同樣不作聲，幫絹子理了理裙襬。田島先一步衝出門外。

唉，分離真是苦澀。

面無表情的絹子跟了上來。

「沒你形容得那麼高明嘛。」

「妳指什麼？」

「燙頭髮的技術。」

田島真想朝絹子怒吼一句「混帳東西！」可是他們還在百貨公司裡，只好忍了下來。換作是青木，絕不會像這樣嚼舌根。她也從不開口要錢，還常幫自己洗衣服。

「這樣就完了？」

「對。」

田島只覺得心裡分外空虛。

「光為這點小事就分手，那個女人真沒志氣。她長得也算漂亮啊，有那樣的姿色根本不必……」

「住口！不准妳叫她『那個女人』！她文靜端莊，不像妳這樣。反正妳閉嘴就是了！我只要聽到妳的烏鴉嗓子就快瘋了！」

「哎唷，我張髒嘴該掌嘴啦！」

天啊，這算什麼低俗的雙關語！田島快被氣瘋了。

田島十分要面子，每回與女人外出，總會先把錢包交給對方保管，一切開支均由對方付帳，擺出一副毫不在乎金額多寡的大器派頭。不過到目前為止，還沒有任何一個女人在買東西前未先徵得他的同意。

沒想到這位自稱髒嘴該掌嘴的女士，竟然理直氣壯地擅用他的錢買東西。百貨公司裡多的是昂貴的上等貨，她堂而皇之地接連買下高級商品，更令人意外的是，她挑貨的眼光竟然高尚又優雅。

「買夠了吧。」

「小氣鬼。」

「等一下妳不是還要去吃東西？」

「這個嘛，今天就放你一馬吧。」

「錢包還我。以後花錢不准超過五千圓。」

事到如今，已經顧不得體面了。

「我才沒花那麼多咧！」

「胡說，分明超過了。待會兒我算一算剩下的錢就知道了，肯定花了一萬圓以上。上次那頓飯也不便宜。」

「那以後就甭找我幫忙啦！你以為我喜歡跟著你到處兜來轉去啊？」

這根本是威脅。

田島只能嘆氣。

蠻力（一）

不過，田島也絕非泛泛之輩。他既能靠著仲介黑市交易，數十萬圓瞬間輕鬆入袋，可見得才幹過人。

以他的個性，實在無法秉持寬容的美德忍受絹子的揮霍無度，非得從絹子身上得到等值的回報，他才嚥得下這口氣。

混蛋傢伙，太囂張了！一定要好好教訓她才行。

分手的行動暫且擱置。目前的首要任務是徹底征服那個傢伙，將她調教成進退得體、百依百順、節制儉樸、胃口不大的女人，接下來再繼續原定行動。否則照這樣花錢如流水，根本沒辦法持續行動。

致勝的祕訣在於不要企圖征服敵人，而應該對敵人採取懷柔策略。

他的計畫是，從電話簿上查到絹子公寓的詳細地址，買一瓶威士忌和兩包花生登門拜訪，肚子餓了就讓絹子招待點什麼，然後大灌威士忌，藉著酒意裝醉直接在這裡睡下，一晚過後，就可以讓絹子成為自己的女人了。最重要的是，這方法相當經濟實惠，連上賓館開房間的費用都可以省下來。

一向自詡任何女人都能手到擒來的田島，居然想出這般粗魯、無恥又下流的計謀，顯然已經方寸大亂了。或許他真的被絹子的揮霍無度氣得失去理智了。儘管他能夠克制色慾，可是人類的本性導致他太在乎金錢，一心急著撈回本錢，反而無法如願以償。

田島對絹子滿腔恨意，想出這種禽獸不如的卑鄙伎倆，最後給自己招來了一場命在旦夕的大禍。

傍晚時分，田島到世田谷找到了絹子的公寓。那是一棟兩層樓的木造公寓，老舊又陰森。樓梯的盡頭就是絹子的房間了。

田島敲敲門。

「誰啊？」

屋裡傳出了熟悉的烏鴉嗓音。

一開門，田島嚇得愣站在原地。

髒亂不堪。惡臭無比。

唉，這情景太淒涼了。房間約四塊半榻席大小，髒黑的榻席泛著油光，表面像波浪一般凹凸不平，甚至連每塊榻席的鑲邊都看不清楚了。屋裡堆滿了行商的生意用具，諸如石油罐、裝蘋果的木箱、一升容量的玻璃瓶、裹著不明物件的包袱、像鳥籠的物體、紙屑等等，滿地濕黏滑膩，幾乎沒有可供落腳的空隙。

「喔，原來是你啊。來這裡做啥？」

此時，絹子穿著骯髒破舊的束口勞動褲。這身雄雌難辨的裝束，正是田島幾年前見到的那副乞丐模樣。

屋內牆上只貼著一張無盡公司[2]的宣傳海報，此外再也沒有其他裝飾房間的物品了，連窗簾都沒掛。這是二十五、六歲女孩的房間嗎？只有一顆小電燈泡發出微弱的光線，太淒涼了。

蠻力（二）

「我來妳家玩。」田島嚇得連聲音都變成和絹子一樣的烏鴉嗓音了。「不過，下回再來也無妨。」

「在耍什麼花招，對吧？你這人不可能白跑一趟的。」

「不了，我今天先告辭了……」

「乾脆一點啦！這樣太沒有男子氣概了。」

問題是，這個房間太觸目驚心了。

難道要在這種地方喝那瓶威士忌？唉，早知道就買便宜一點的威士忌了。

「我不是沒有男子氣概，這叫斯文。妳今天未免穿得太邋遢了吧。」田島皺著眉頭說道。

「我今天揹的東西有點重，累了，回來後補眠直到被你叫醒。喔，對了，我有好東西給你，進來再說吧？很便宜喔。」

聽起來，絹子要和他談生意。如果是有利可圖的門路，房間再髒也不成問題。田島脫下鞋子，選了一塊稍微乾淨一點的榻席，沒脫外套，就這樣盤腿坐下。

「看你平常會喝酒，應該喜歡吃烏魚子吧？」

「我最愛吃烏魚子了。妳這裡有？請我吃吧。」

「開什麼玩笑，先付錢再說。」

絹子絲毫不講情面，將右手掌伸到了田島的鼻尖。

田島不耐煩地撇了嘴：

「瞧瞧妳，開口閉口就是個錢字，真讓人了無生趣。這隻手給我縮回去！我才

2 依照《無盡業法》營運的信貸公司，其金融運作方式類似民間的互助會。

不吃妳的烏魚子，那是給馬吃的玩意！」

「傻瓜，我會算你便宜一點嘛。很好吃喔，這可是正宗的烏魚子。別扭扭捏捏了，快給錢。」

她身體左搖右擺的，絲毫沒有將手縮回去的意思。

不幸的是，田島最喜歡吃的食物就是烏魚子，只要有這個當威士忌的下酒菜，就是最大的享受了。

「好吧，給我來一點。」

田島悻悻然掏出三張大鈔放在絹子的掌心。

「還差四張。」絹子面不改色說道。

田島倒抽一口涼氣。

「混帳，妳太貪心了！」

「小氣鬼，你闊氣一點，買下一整塊嘛。難道你買柴魚塊[3]的時候，也要店家剁開來賣你半塊？太小氣了。」

「好，就買一整塊！」

被人家說得那麼難聽，缺乏男子氣概的田島不由得打從心裡冒出怒火。

「看清楚了，一張、兩張、三張、四張，行了吧？手給我縮回去！我真想見一見什麼樣的父母能生出妳這麼不知羞恥的女兒。」

「我也想見一見，然後狠狠揍他們一頓。生下來就扔掉，就算是根蔥也會枯死的。」

「哎，我可沒興趣聽妳的身世。借個杯子，接下來是享受威士忌和烏魚子的時光。唔，我還帶了花生來，這送妳了。」

蠻力（三）

田島咕嘟咕嘟兩口就喝光了一大杯威士忌。他原先的詭計是今天無論如何都要讓絹子請客，反倒被迫買下貴得離譜的所謂「正宗」的烏魚子，而且不到眨眼工

3 新鮮的鰹魚肉經過蒸熟煙燻烤乾的工序後，成為乾燥的柴魚塊，使用時再刨成薄片，即為常見的柴魚片。

夫，絹子已經豪爽地將整塊烏魚子全部切片，往一只髒兮兮的大碗公裡堆得像座小山，還一股勁地撒上味精。

「吃吧。味精算我請你，用不著客氣。」

滿滿一堆烏魚子根本吃不完，上面還撒了味精，簡直是胡來。田島露出了悲痛的神情。那七張大鈔比被蠟燭燒掉，更令他心痛不已。太浪費了，一點意義也沒有。

眼淚都快掉下來的田島，勉強從碗底撿起一片沒沾到味精的烏魚子，放入口中。

「妳自己做過飯嗎？」

他現在連問話都心驚膽跳。

「做是會做，只是嫌麻煩懶得做。」

「洗衣服呢？」

「你把我看成啥啦？我在女人中算是愛乾淨的呢。」

「愛乾淨？」

瞠目結舌的田島朝這個散發惡臭的淒涼房間看了一圈。

「這屋子本來就髒，我怎麼打掃也弄不乾淨。再說我做這行買賣總得囤貨，貨物只能堆在屋子裡。給你瞧瞧我的壁櫥吧。」

絹子起身，唰的一聲推開了壁櫥門片。

田島頓時瞪大了眼睛。

壁櫥裡面乾乾淨淨，物品井然有序，散放著金色的光芒，甚至飄出濃郁的芬芳。裡面擺著衣櫃、梳妝台、行李箱，鞋櫃上還擱著三雙小巧可愛的鞋子。換句話說，這座壁櫥稱得上是有著烏鴉嗓音的灰姑娘的祕密更衣室。

絹子旋即啪的一聲闔上壁櫥門片，在離田島稍遠的位置坐了下來。她的坐相並不文雅。

「一星期頂多打扮一次就夠了。反正我又不是存心去勾引男人，平常穿成這樣舒服又方便。」

「可是，那條勞動褲未免太離譜了吧？很不衛生哩。」

「哪裡不衛生？」

「很臭。」
「何必扮成一副高尚模樣，沒用啦。你自己還不是一樣成天渾身酒氣，難聞死了。」
「這麼說，我們是臭味相投了。」
隨著酒意漸濃，這個房間淒涼的光景，甚至絹子如乞丐一般的衣裝，他都不那麼在意了。進門之前的那個邪惡的計畫，又重回到了他的心頭。
「這就是所謂的歡喜冤家啊。」
他用這種蹩腳的花言巧語，試圖討絹子的歡心。男人遇到這樣的場合，縱使是偉大的人物或學者，也不免像個傻子一般，說出這般蹩腳的花言巧語，而且居然意外奏效。

蠻力（四）

「我聽到鋼琴聲了。」

他開始裝模作樣，瞇起眼睛，聆聽遠處傳來的收音機廣播。

「你也懂音樂？瞧你長得像個音痴。」

「傻瓜，妳居然不知道我對音樂無所不知？只要是名曲，要我聽一整天也樂在其中。」

「那，現在電台放的是什麼曲子？」

「蕭邦。」

這當然是他隨口胡謅的。

「是哦？我還以為是〈越後舞獅歌〉呢。」

兩個音樂白痴的對話根本牛頭不對馬嘴。田島想進一步醞釀氣氛，趕緊換了話題。

「我猜，妳以前應該談過戀愛吧？」

「無聊。我才不像你那樣淫蕩呢！」

「可以注意一下妳的用詞嗎？真是個粗俗的傢伙。」

他忽然感到不悅，舉杯灌下幾大口威士忌。照這樣子看來，大概沒希望了。事關自己這風流公子的聲譽，絕不能就此鳴金收兵。他不惜使出死纏爛打的招數，也非得成功不可。

「妳完全不懂戀愛和淫蕩根本是兩回事，讓我來教教妳吧。」

這段話雖是出他嘴裡，那油腔滑調卻讓自己都感到噁心。這樣不行。雖然時間還有點早，他決定要佯裝爛醉，趁勢睡在這裡。

「啊，我醉了。一定是空著肚子喝酒，才會醉得這麼厲害。讓我在這兒躺一會兒吧。」

「不行！」

烏鴉叫變成了粗嗓門。

「你少裝蒜！我早就看穿你的把戲啦。要想在這裡過夜，給我五十萬，不，一百萬！」

田島輸得非常徹底。

「妳何必那麼生氣呢？我不過是喝醉了，想在這裡稍微……」

「不行不行！快回去！」

絹子起身，開門送客。

田島情急之下，只好使出最下流的手段，趁著起身的時候順勢抱住絹子。砰的一聲，田島的面頰挨了一拳，頓時發出一聲極為詭異的慘叫。田島這才倏然想起能夠輕鬆揹起近四十公斤的絹子所擁有的蠻力，不禁寒毛直豎。

「饒了我吧……有賊啊！」

他沒來由地陡然大聲嚷叫，光著腳就衝向走廊。

絹子鎮定下來，關上房門。

片刻過後，門外傳來田島的聲音。

「那個，不好意思，我的鞋。……還有，可以給我一條繩子之類的東西嗎？我的眼鏡腳斷了。」

在他的風流史上，從未遭受過如此奇恥大辱。他接下絹子給的紅布條綁在眼鏡上，再掛到雙側耳朵。

「謝謝！」

他自暴自棄地吼了一句，跑下樓梯，不料中途踩了空，再次發出了慘叫。

冷戰（一）

田島還是非常心疼投資在永井絹子身上的成本。他從來沒有做過這麼賠本的生意，非得想盡辦法善加利用她，撈回本錢，否則豈不成了冤大頭。話說回來，一想到她的蠻力、她驚人的食量、她的貪得無厭，實在讓他煩惱不已。

天氣愈來愈暖，花兒爭奇鬥艷，唯有田島一個人愁容滿面。在那個一敗塗地的夜晚之後又過了四、五天，他換了一副新眼鏡，臉頰上的瘀青也消了。他撥了通電話到絹子的公寓，準備訴諸一場思想戰。

「喂，我是田島。上次醉得太厲害了，哈哈哈哈。」

「一個女人家獨自過日子，總會遇上千奇百怪的事，我不會放在心上。」

「哎，我後來又重頭仔仔細細想了一遍，實在不懂，難道我和那些女人分手，然後買一間小房子，把妻女從鄉下接來一家團圓，這樣做是違背道德的壞事嗎？」

「你說的話我聽不太懂。不過，男人只要口袋裡的錢一多，好像就會開始盤算起那種小家子氣的事。」

「這麼說，那是壞事嘍？」
「應該算還可以吧。這樣看來，你攢了不少錢喔？」
「別一開口就談錢。……我是想問妳，從道德上，也就是從思想上，對這個問題有什麼看法？」
「我一點也沒有看法。那是你的事，又不是我的事。」
「話是沒錯。不過我啊，覺得這是好事。」
「那不就結了？我要掛電話了。我不想浪費時間聊這種無聊的話題。」
「可是這對我來說確實是攸關生死的大問題。我覺得還是應該重視道德才行。救救我，求妳救救我，我想做好事。」
「聽起來有鬼。你是不是又想藉酒裝瘋做蠢事了？我可不奉陪。」
「別這樣調侃我。只要是人，都有行善的本能。」
「我可以掛電話了吧？你沒有別的事要說了吧？我從剛才就很想去小便，快要憋不住了啦！」
「請等一下，再稍等一下。一天三千圓行不行？」

思想戰剎時變成了討價還價。

「還會另外請我吃飯嗎？」

「請客的事請妳高抬貴手吧。我這陣子的收入少了很多。」

「沒有一[4]就免談。」

「添到五千圓吧，就這樣說定了。畢竟這關乎道德問題。」

「我快憋不住了，你讓我掛電話吧。」

「五千圓，求妳了。」

「你真是個傻瓜。」

話筒的那端傳來咯咯笑聲。看來她答應了。

冷戰（二）

既然到了這個地步，就得讓絹子的功效發揮到極限，除了付她一天五千圓，連一片麵包或一杯水也不能請她吃喝。假如不狠下心來壓榨個夠，可就虧大了。對這種人絕對不能心軟，否則會惹禍上身。

雖然挨了絹子一拳，發出詭異的慘叫聲，卻讓田島心生一計，找到該如何反過來利用她那股蠻力。

他那些情人之中，有個名叫水原圭子的西洋畫家，年紀還不到三十歲，作品並不出色。水原在田園調布的公寓租下兩間屋子，一間當成住處，一間作為畫室。兩人相識的機緣是水原拿著某位畫家的推薦函求見田島讓她做《方尖碑》的插畫，即使只是畫點小圖案她都會全力以赴。田島看著她滿面通紅，怯懦懦地懇求的模樣，覺得十分可愛，從此開始資助她些微生活費。她性情溫和，沉默寡言，還很愛哭，但絕不會有失體面的大哭大鬧，總是像個小女孩那樣啜泣，讓田島更加憐惜。

這事情的棘手之處在於一個大麻煩。她有個哥哥，曾在滿洲駐軍很長一段時間，從小脾氣暴躁，體格相當魁梧。當田島第一次聽圭子提起她哥哥時，心裡就覺得不妙。畢竟，遠自浮士德的時代以來，舉凡情人的哥哥是中士或下士之類的軍

---

4 意思是伸出一根手指比「一」的動作，通常表示一千圓或一萬圓，這裡的意思是一萬圓。

官，經常成為風流公子的嚴重威脅。

她哥哥最近從西伯利亞撤軍返鄉，聽說目前住在圭子家裡準備另謀生路。

田島不願意和她哥哥打照面，於是打電話到圭子的公寓想約她出來，無奈運氣不佳。

「我是圭子的哥哥。」

接電話的聲音聽起來是個孔武有力的男人。他果然在家。

「我是雜誌社的編輯，想找水原老師談一談插畫……」

田島說到最後，聲音有些顫抖。

「不行，她感冒了，正在睡覺。暫時沒辦法接工作了。」

真不走運。看來，沒辦法把圭子約出門了。

可是，如果因為畏懼她哥哥，遲遲不和圭子明確分手，恐怕不夠尊重圭子。況且圭子臥病在床，家裡還多住了一個撤軍回來的哥哥，肯定手頭格外拮据，或許現在正是最好的時機。只要對病人體貼慰問幾句，然後悄悄地送上一筆錢，相信她那個軍人哥哥總不至於拳腳相向，說不定比圭子更加感激，忙著握手致謝呢。萬一他要動手打人……到那時只要躲到力大無比的永井絹子背後，就能逃過一劫了。

這真是百分之百的運用，充分利用。

「妳可得聽清楚嘍？我猜應該不會有事，但是那裡有個暴躁的男人，要是他一拳揮過來，麻煩妳輕輕擋下來。別擔心，那傢伙應該是外強中乾。」

突然間，他對絹子說話的語氣變得非常客氣。

（未完）5

《朝日評論》昭和二十三年

---

5 太宰治的最後遺作，未寫完即跳河身亡。

美男子與香菸

作　　者　太宰治
譯　　者　吳季倫
主　　編　呂佳昀

總 編 輯　李映慧
執 行 長　陳旭華（steve@bookrep.com.tw）

社　　長　郭重興
發 行 人　曾大福
出　　版　大牌出版／遠足文化事業股份有限公司
發　　行　遠足文化事業股份有限公司
地　　址　23141 新北市新店區民權路 108-2 號 9 樓
電　　話　+886-2-2218-1417
傳　　真　+886-2-8667-1851

封面設計　莊謹銘
排　　版　新鑫電腦排版工作室
印　　製　成陽印刷股份有限公司
法律顧問　華洋法律事務所　蘇文生律師

定　　價　380 元
初　　版　2018 年 8 月
二　　版　2022 年 6 月

電子書 EISBN
ISBN：9786267102701 (EPUB)
ISBN：9786267102671 (PDF)

國家圖書館出版品預行編目資料

美男子與香菸 / 太宰治作 ; 吳季倫譯 . -- 二版 . -- 新北市 : 大牌出版 , 遠足文化發行 , 2022.06
336 面 ; 14.8×21 公分

ISBN 978-626-7102-69-5 (平裝)

861.57　　111007738